JN285195

「あっ」
いきなりの甘い声。原田がハッと動きを止め、将孝もまた自分がどんな声を漏らしたのか、すぐに気がつく。驚いたような原田の視線に晒されて、動揺した将孝の頭は一気に沸騰した。
（本文P.83より）

発明家に手を出すな

鳥城あきら

キャラ文庫

この作品はフィクションです。
実在の人物・団体・事件などにはいっさい関係ありません。

目次

口絵・本文イラスト／長門サイチ

「……もしかして、これか？」

最初その灰色をした塔の前に立った時、平井将孝《ひらいまさたか》は我が目を疑って思わず周囲を見回してしまった。

右に民家、左に民家。もひとつオマケに細い路地の向かい側もズラッとすべて民家である。なのに目の前がいきなり塔。――いや、〝塔〟と表現していいのか悪いのか、たぶん現代建築の分類的にはビルディングなんだろうが、そう言い切ってしまうには躊躇《ためら》われるほど縦に細長い建物なのだ。高さは一般的なビルの四階建てくらいだろう。一階部分に入り口とおぼしきドアが一つあるきりで、あとは通気口がいくつか壁に空いている以外窓らしい窓もなく、コンクリートの外壁は打ちっ放しのまま塗装もされていない。だからパッと見が〝塔〟なのである。

「………」

将孝はムッと眉を寄せると、手元にある地図をもう一度まじまじと見直した。場所は台東区《たいとう》の谷中《やなか》だ。祖父の元治《げんじ》が描いた地図はフリーハンドゆえのいい加減さで地図としてまったく機能していないけれど、自分が目指していた場所はどう考えてもここに間違いない。なぜなら目的地の名称が、そのまま目の前の塔に大書されている。

『原田《はらだ》技術研究所』

看板でもなく、表札でもなく、頑丈そうなスチールドアの真ん中に黒いペンキで思い切り、それもまた奔放とも言えるフリーハンドだ。

「………」

(なんだか嫌な予感がするな)

研究所なのに手書き文字。誰《だれ》もが感じる違和感を将孝もまた抱いた。しかしどれだけ己の第六感が警告を発しても、回れ右して帰るわけにもいかなかった。なにせ祖父母の言うことを信じれば、この塔の住人こそ世紀の大発明家と称される男であって、今現在、『平井特許事務所』の唯一の収入源なのだ。祖父がひとりで切り盛りしてきた小さな特許事務所の盛衰を、さんざん世話になった孫の自分が放っておくわけにもいかないのである。

「よし、行くか」

将孝は姿勢を正して大きく深呼吸すると、年季の入った煉瓦《れんが》造りの門を抜けた。無粋ともいえるコンクリート製のアプローチの両脇には、目にも鮮やかな紫陽花《あじさい》が赤や青やで列をなし、灰色一色の塔とは対照的なカラフルさを誇っていた。なんの気なしに見回した塀の中はそれなりに手入れされた洋風の庭園で、いったいこの場所は新しいのか古いのか、無骨なのか繊細なのか、そのコンセプトがよく分からない。この塔の住人である原田武之《たけゆき》とはどんな男だろう

——と、将孝が最初に意識したのはその時だった。

ドアの右に設《しつら》えられたインターフォンを鳴らし、待つ事しばし一分間。スピーカー越しに聞

こえてきた男の声はしかし、最初からひどく億劫《おっくう》そうだった。

『あ〜、はい？』

「お世話になります。平井特許事務所の者ですが」

『……あ？』

「平井特許事務所から参りました」

『……』

「本日、午後二時にご面談のお約束でした。お預かりしていた特許《パテント》の審査請求の件で」

『……』

「……もしもし？」

『……』

「もしもし？　あの、原田さん？」

『あ〜、なんかいつもの声と違うけど？』

「あ、はい。本日お伺いする予定だった所長の平井は体調不良でして、私が代理で参りました」

『代理って、あそこは爺《じい》さんしかいなかっただろう』

「いえ、先日から私も事務所に加わったんです」

『へぇ。――で、あんた名前は？』

「平井です」

『は？』

「あ、いやあの私、平井元治の…、その、孫なんです」

『まご？　…ああ、〝孫〟ね。平井の爺さんの孫か…』

と、記憶を辿《たど》るように語尾が小さくなり、『そういや、孫がいるとか言ってたっけかな』と音声が途絶える。ようやくドアが開きそうだ。

将孝は飛び込みの訪問販売員よろしく慌ててドアから一歩下がると、神妙に塔の主《あるじ》の登場を待った。下町を抜ける風が視界の端で紫陽花を揺らし、居並んだ民家の向こうに見えるのはそのシルエットからたぶんお寺の屋根だろう。もともと谷中が寺と墓の多い場所というのは知っている。目に映る風景が全体的にでこぼことして、ほんの数日前まで働いていた何もかも均一な空間とは全然違う雰囲気に、将孝は（ああ、本当に会社を辞めたんだな）と強く感じた。

勤めていたのはガイヤ電器株式会社。――日本人なら誰もが知る巨大電気機器メーカーだ。

将孝がそこの知的財産事業部に所属していたのは大学を出てから技術部員を一年だけ経験したあとの四年間で、それなりに楽しくもあり努力もしたけれど、結局は彼自身の性格が災いして続かなかった。

（ほんと、直さなきゃまずいよなぁ）

な、性格。

ハァッと肩を落とし、将孝は首をコキコキと鳴らした。

自分でもよく分かっているのだ。しかし、生まれてからこのかた二十七年間も培ってきた性格は一朝一夕では直しようもない。これの矯正には何か強烈なきっかけが必要で、そういう意味でも、将孝は今回の『突発的な仕事』に己の性格改造を試みる気になっていた。

手に持った黒鞄《くろかばん》をしっかりと抱え直し、両足を踏んばってドアが開くのを待つ。コンクリート製の塔は壁が厚いのだろう、その中から何の気配も漏れ出してはこないけれど、たった今カチャンと響いた金属音が大発明家お出ましの合図に違いない。ぎこちない営業スマイルを顔に浮かべた将孝は、あらかじめ用意していた〝ご挨拶《あいさつ》〟を小声でリピートした。

「こんにちは、お世話になります。私《わたくし》、本日から所長の平井元治に代わって貴研究所の特許手続きを担当させていただきます平井将孝と？」

ご挨拶がそこで止まったのはドアがいっこうに開かなかったせい。そればかりか、将孝は自分の顔のあたりに微妙な視線を感じて、思わず目の前のドアを凝視した。よくよく見ると小さなドアスコープが付いている。乱暴に書き殴られた黒ペンキで目立たなくなってはいるが、どうもその小さなレンズの向こうから塔の主がこっちを見ているらしいのだ。

（……？）

「あの…、原田さん？」

ドアの中からは返事はない。しかし、ドアスコープのレンズの中で一瞬何かが動いたから、絶対に誰かがそこにいる。将孝は思い切ってもう一度インターフォンのボタンを押した。今度の返事は早かった。

『はい』

「すみません、……ドアを開けていただきたいんですが」

『あんた、似てないな』

「は?」

『平井の爺さんにも婆《ばあ》さんにも似てないみたいだけど』

「え…」

(もしかして顔のことか?)

いきなりで不躾《ぶしつけ》な物言いに、将孝の眉が訝《いぶか》しげに寄った。

「あの…私は母親似で、元治と曽袮子《そねこ》は父方の祖父母ですから」

『ああ、そうなのか。道理でな…』

意味深に言葉尻を濁したあと、塔の主は『エヘン』とわざとらしく咳払《せきばら》いする。ようやくドアが開くのかと思ったら、なぜだかまだ開かない。もう一度将孝がドアスコープを見た瞬間、妙にすまなそうな声が返ってきた。

『あ〜、あんた、悪ぃけど帰っていいわ』

「はい?」

『平井の爺さんにな、元気になってから改めて来るように言ってよ。あんた……たぶんダメだと思うわ』

「……ダメ？」

『うん、ダメ』

「ダメって、あの、どういう意味でしょうか」

『どういう意味もないよ。ダメなものはダメ。帰ってくれ』

「………」

我が耳を疑い、将孝はじっとドアスコープを見た。おそらく向こうもこっちを見ている。分厚いドア一枚を挟《はさ》んでしばし男ふたりが見つめ合っていたと思われるが、先に事態の打開を図ったのは将孝の方だった。なぜなら、今日は仕事でしかも至急の用件なのだ。帰れと言われて「はい、そうですか」と帰れるわけがない。だいたい、話もしないうちから〝たぶんダメ〟とはどういう意味だ。将孝は姿勢を正し直し、強くドアスコープを睨《にら》みつけた。

「ちょっと待ってください。あの、原田武之さん、ですよね？」

『ああ』

「どうして私ではダメなんでしょうか」

『どうしてって…なぁ』

「事務所に入ったのは先日ですが、弁理士業務は四年やっています。明細書も一から書けます」

『いや、そうじゃなくて、顔がなんか…』

「顔？」

『もしかして気が弱いんじゃないの？』

「………」

頭の中でカチンと音がする。将孝はムッと口をひん曲げた。

「原田さんは顔で他人の性格とか仕事の出来の判断をされるんですか」

『別にンなことはしないけど、とりあえず気が弱いとまずいとは思う』

「ご心配いただかなくても気は弱くありませんので、ここを開けて私に仕事をさせてください。先ほども申し上げましたが、今日は審査請求の件でお伺いしてるんです。原田さんの特許《パテント》が受理されるかどうかの問題なんですよ。すごく急ぐんです。うちの祖父《じじ》ぃ……もとい、所長の全快を待っているヒマはありません」

『爺さん、何の病気？』

「ギックリ腰です」

『長くかかんの？』

「年寄りですから」

『………』

はぁとため息をつくのがインターフォン越しにもしっかり聞こえて、将孝の闘志がメラメラと燃え始める。自分は確かに色白で目が大きいが、『女顔は明細書を書くべからず』なんて法律はどこにもないのだ。顔で判断したことをあとで絶対に後悔させてやる！　と、思う時点で、矯正が必要な性格が発動しかかっていることにはまだ気づいていなかったけれど。

「原田さん、お願いします」

インターフォンに向かってガバッと頭を下げ、次にはドアスコープに詰め寄りまた下げる。

「とにかく話をさせてください！」

『あ～、分かったよ。そうまで言うなら、一応ドアは開けるけど、「きゃあ」とか「ぎゃあ」とか無しにしてくれよ、頼むから』

「はい」

頭を下げた視線の先、ようやくドアが開き始めた。ゆっくりと姿勢を直しつつ、将孝は（「きゃあ」とか「ぎゃあ」とか？）と首を傾《かし》げた。

（それって悲鳴か？）

「あ～、どうも手間を取らせて悪かったな」

「いえ、こちらこそ。――――改めましてお世話になります。私、本日から所長の平井元治に代わって貴研究所の特許手続きを担当させていただきます平井ま……――――」

最後まで言葉が続かなかったのは、男の顔を見てしまったからだ。

態だった。いや、夏毛に生え替わった雪男かもしれなかった。とにかく信じられないほど顔面毛むくじゃらの男が、将孝の前に立っていた。

しかもしゃべっている。

「平井ま、のあとは何？」

「………」

「平井ま、のあと」

「………」

「う〜ん？　じゃあ名刺とか持ってる？」

「持ってたらくれ」と、差し出された手もまた毛むくじゃら。それを見たとたん、将孝は軽い目眩《めまい》を感じた。そして思わず天を仰いだ。

どうして自分は謎《なぞ》の塔の前で未確認生物から名刺を要求されているんだろうか、と。

＊＊＊＊＊

とはいえ、どんな出来事にも必ず原因はある。六月のとある月曜日に将孝が尋常でない状況におかれるのだって、もちろんそれ相応の原因があるのだ。それはほんの一ヶ月前。天下に名だたるガイヤ電器が山梨《やまなし》に持つ、これまた世界に誇る中央研究所でのことだった。

「いい加減にしてください、これでは明細書が書けません！」

分厚いデータ集を机に叩《たた》きつけると、将孝は目の前にいる上司の天宮《あまみや》徹《とおる》を睨みつけた。その横では技術担当の杉谷宏治《すぎたにこうじ》が苦虫を噛《か》み潰《つぶ》したような顔をして腕を組んで座っている。憤然として思わず立ち上がった将孝を、天宮が（まぁまぁ）となだめた。

「君的には、これじゃデータが足りないから特許文にできないと言うのかな？」

「そうです」

「しかしさっきも杉谷部長がおっしゃったけれどね、技術部門としてはパワー半導体に関するデータはこれだけで十分特許化《パテント》できると…」

「何が十分なんですか課長。十日前に見せていただいたのとデータの内容がほとんど変わってないんですよ。私があの時不足だと言ったデータについては、杉谷部長も集め直すことで了解してくださったはずです！」

「──いいから座りなさい、平井くん」

「……」

険悪なムードに包まれた小会議室に、将孝が腰かける音が小さく響いた。窓の外は遠くに南アルプスを望む田園地帯で、晩春に相応《ふさわ》しい快晴の青空が広がっていたけれど、完璧《かんぺき》な空調で管理されたガイヤ中央研究所の中には季節はない。天宮は紙コップの中のコーヒーが湯気を立てるのをしばらく見つめてから、おもむろに隣の杉谷を見た。

「杉谷部長、あとは特許部内で調整しますから今日はこのまま」

「そうですか」

（やれやれ）といった表情で杉谷が席を立とうとするのに驚いたのは将孝だ。慌ててもう一度立ち上がり、手元のデータ集のページを捲《めく》る。

「ちょっと待ってください杉谷部長。まだ話はすんでません」

「平井くん、いくら言われても技術《うち》で出せるデータはそれだけなんですよ。それを特許にするのが特許部《おたくら》の仕事でしょう」

「何度も言いますが、足りないデータではまともな明細書は書けません」

「まともまともって、書けないのは君の力不足なんじゃないんですか？　特許部のエースだか何だか知らないけれど、これだけの数値もらって特許ひとつもまとめられないんじゃ、お忙しい天宮課長が本当にお気の毒だなぁ」

語尾を嫌味に上げながら、杉谷は馬鹿にしたような目つきで将孝を見た。その視線に将孝の中でカチンと音がする。喉《のど》まで出かかった反論の言葉をなんとか呑《の》み込み、将孝は話がこじれた時には言おうと思っていた台詞《せりふ》を口にした。——始めから無駄だと分かっていたが。

「鴨田《かもた》さんと話をさせてください」

「えぇ?」

杉谷がサッと天宮を見る。天宮もそれに返したが、ふたりの意味深な目配せは将孝の予想するところだった。

〝鴨田〟というのは、将孝が名前しか知らないガイヤの研究員で、革新的な発想力は並み居る研究員の中でもトップと言って間違いない人物だ。ちょうど将孝がガイヤに入った頃、鴨田はすでに発光ダイオードに関する特許の出願でガイヤの資産を十二分に潤していた。その後の技術展開も文句なしに完璧で、将孝がずっと会ってみたいと思っていた男でもある。

もとは開発要員としてガイヤに入社した将孝だったが、半導体関係の研究グループに所属していた一年の間で、鴨田の存在はその名前さえ聞いたことがなかった。なのに、そのデータ解析力を部長の天宮に買われて特許部へ移ってからは、手元に送られてくる特許案件で目を引くのは鴨田のダイオード研究ばかり。それも開発者というよりはまさしく発明家と言いたくなるような内容に、一度は研究を志した人間としてひどく憧れてしまったのだ。

そして、それは今でも変わらない。

「もともとこのアイディアは鴨田さんのものです。ここの、大本《おおもと》になるデータも鴨田さんが自ら取られたようですし、鴨田さんなら足りないテストを実施されるのもわけないと思ってたんですが、私に話をさせていただけませんか。お願いします」

「……いや、それはできないですね。前にも言ったと思うけど、鴨田さんはその…、ちょっと変わってるので」

急にトーンを落とした杉谷の声に、将孝は（やっぱりダメか）とため息をついた。どうしてだか鴨田は特許部の人間と会おうとしないのだ。いや、特許部ばかりか、おそらく何百といる技術者の中でも鴨田と直接に接触があるのはほんのひと握りの人間だけだろう。

鴨田という男は何の地位もない平の研究員なのに、どうしてだか商売とは直接関係ない研究テーマをひとりきりで任されている。その研究成果は立派な物で、確かに会社の知的財産を増やしてはいるが、営利第一主義のガイヤの研究システムの中では完全に浮いた存在だと言わざるを得ない。

しかしその反面、ガイヤほどの大企業になると集められる研究員の出自も様々になるから、鴨田のような場合《ケース》も完全に異質とは言い切れなかった。だからこそ、将孝も強引に面会を要求してこなかったのだ。けれど今日は話が違う。将孝のデータ集を持つ手に力が入った。

「このパワー半導体に関するアイディアには間違いなく新規性があります。でも、今あるデータだけでは先月クレオン電工が出願した類似特許との差別化が微妙なんです。あとあと無効請求審判で面倒にならないよう、最初から要《かなめ》になるデータを押さえておきたいんです」

「ああ、その件ね。それについては私から鴨田さんに話してありますから、なにも特許部の平井くんが話をする必要はありません」

「ならどうして追加のデータがないんですか」

杉谷の木で鼻を括《くく》ったような物言いに、将孝の眉がキュッとつり上がる。

「鴨田さんにお話しいただけたのなら、追加のデータの重要性も伝わったはずです」

「じゃあ何かね。私が鴨田さんに話してないと言いたいのか？」

将孝の言葉に今度は杉谷が気色ばんだ。

「君は私が嘘《うそ》つきだと？」

「違います。データを取らなくていいと思った理由を鴨田さんにお訊《き》きしたいだけなんです。お話を聞けば、私なりに技術の美しさが納得できるかもしれないと思って」

「はぁ？　技術の美しさって君は何を……。ちょっと天宮課長、平井くんは何を言ってるんですか。どうして特許明細書の作成に技術の美しさだなんて抽象的な物が必要なんです？　あれは決められた様式にデータをちゃっちゃと並べて、特許庁《おかみ》にお墨付きをもらえばそれでＯＫの文書でしょうが」

（！）

「それは違います！」

「君に訊いてるんじゃない。——どうなんですか、天宮課長？」

「部長のおっしゃる通りです」

天宮の落ち着いた声に、将孝はハッと上司の顔を見た。三十代後半にしてガイヤ知的財産事業部の核となる特許部で課長を務める天宮は、技術部門の一端に所属しながら営業職を思わせる華やかな雰囲気を持っている。それでいて特許取得に関するセンスはバツグン。将孝のような部下を数人使い、ガイヤの技術陣から年間にして百件以上も出される特許の半分近くを、難なくひとりで取りまとめていた。その有能さは鴨田とはまた違った輝きを持って将孝を魅了し、密かに尊敬する人物のひとりだ。その天宮が、杉谷の意見に大きく肯《うなず》いた。

「確かに、特許明細書に書き手の美的感覚を持ち込むのは適当ではありません。ただ、少し誤解があるようなので申し上げますが、平井くんは明細書を書く時、いわゆる緻密画《ちみつが》を頭の中に描くタイプなのですよ」

「ち……緻密画？」

「ええ。彼の言う〝美しさ〟とはまぁ、特許案件の理路整然さとでも考えていただければけっこうです。奇妙に感じられるでしょうけれど、一連の技術を一枚の絵画に置き換えられるのが平井くんの能力の高さでもあるんです。いったん頭の中で絵に起こすと、彼は速いですよ。完璧な明細書を一日足らずで書き上げてしまいます。しかもミスがない」

杉谷は詐欺師に騙《だま》されまいとする表情で（ふん）と鼻息を荒くする。目尻《めじり》に朱を刷《は》き、相当に気分を害しているのが傍目《はため》にも分かった。

「じゃあ、有能な平井くんはここにあるデータでは美しい絵は描けないというわけですか」

「それは個人的な見解の相違でしょう。少なくとも私は……」

と、そこで天宮は将孝を見た。

「私はこれで十分美しいと思います」

上司の落ち着いた声が将孝の胃を熱くする。この案件については何度も説明してきたはずなのに、天宮がここにきて技術陣の肩を持つのは、結局、自分が主張したデータは要らないだろうと判断されたのだ。表情を硬くした将孝を杉谷はチラリと見た。

「ああ、そう。良かった良かった。天宮課長と意見が一致して要らぬ手間が省けましたよ。新規技術ってのは時間との勝負ですからねぇ。他に先を越されないよう、ちゃっちゃと明細書を仕上げて、一刻も早く出願してくださいよ。ま、これは天宮課長には釈迦《しゃか》に説法でしたね」

「出願が無事にすみましたらご連絡します」

天宮がゆっくりと立ち上がったのが、打ち合わせの終了を告げる合図だった。これ以上の発言は職歴五年目程度の将孝には許されない。

（これで書くしかないのか）

納得し切れない表情のまま、将孝は手にしたデータ集を見た。我知らず唇を噛んだ将孝の様子をどう解釈したのか、会議室を出て行こうとした杉谷がふいに足を止めた。

「平井くん、緻密画だかなんだか知りませんがね、特許の明細書はどこまで行っても明細書でしょう。そんな観念的な物の考え方は、君の仕事には百害あって一利なしだと思いますよ」

君の仕事、という単語に隠しようのない侮蔑《ぶべつ》を感じて、将孝は思わず杉谷を強く見つめた。

「それは……どういう意味でしょうか」

「特許部の人間がデータ自体にこだわりを持つのは時間の無駄だと言ってるんです。君は確かに有能なのかもしれないが、こんな議論に時間を費やさなければならないのなら、仕事が遅いのと同《おんな》じだ。いや、むしろ私らの手を煩わせないだけ、仕事が遅くても素直な方がましです」

「………」

スッと将孝の双眸《そうぼう》が細くなる。それに気づいて天宮が（まずいな）という顔をしたが、杉谷の方は特許部の小生意気な若造が自分の説教に畏《かしこ》まったと勘違いした。何か言いかける天宮を制し、分をわきまえろと言わんばかりに将孝へ向かって畳みかける。

「私もね、他部署の方針に口を出したくはないんですが、平井くんはこういったことがしょっちゅうでしょう？　その度に特許出願が遅れるのかと思うと私も胃が痛くなる。ガイヤ《うち》が技術部門に特許出願数のノルマを課してるのは君も知ってるんだから、ちゃっちゃと作業を進めて我々の助けになろうと思わないのかね」

「――数を出せばいいというものではありません」

「何？」

「特許は出願して終わりじゃありません。審査請求をクリアできなければ、どれだけ素晴らしい技術であっても発明者の独占権利とはならないんです」

「そんなことは知ってますよ」

「じゃあ、ガイヤが出願した特許の何割が実際に特許として権利化されているかご存知ですか？　足りていないデータでごり押ししても、新規性がなければ即却下です。特に最近は競合《コンペ》他社《ジター》の監視が厳しくて、特許公報に載ったとたん強力な無効審判の請求が入る。本当に大切なのは、出した数ではなく認められた数でしょう。それでなくても実績ではクレオン電工に負けているのに、その事実を技術部門はどう考えているんですか」

「…っ！」

言ったとたんに杉谷の顔色が変わった。天宮が「平井くん！」と将孝を低く叱責《しっせき》したが、杉谷が爆発する方が早かった。わなわなと肩を震わせ、右拳を胸のあたりまで振り上げる。

「君はっ、何をっ、失礼なっ。と、特許部はちゃんと審査をパスするような明細書を書けばいいんですっ。いちいち内容を考える必要なんてないんだっ。所詮は代筆屋のくせに生意気だぞっ。デ、データに文句《けち》つけたりするヒマがあったら、黙って明細書だけ書いてろっ‼」

口角泡を飛ばして杉谷が叫《わめ》いたその時だった。将孝がバン！　とデータ集を机に叩きつけた。

「だからさっきからまともなデータを寄こせって言ってってだろうが、このクソオヤジ‼」

「!?」

それは小会議室の窓をビリビリ震わせるほどの大音声。あまりの大声に、怒鳴りつけられた杉谷は、最初それが将孝の口から発せられたと気づかない。

「平井くん、止《や》めたまえ！」と、天宮がふたりの間に割って入る。

「ひ…？　き、君は」と、杉谷が目をシロクロさせる。

だが、将孝の怒声は止まらなかった。

「たかが弁理士だと思って馬鹿にすんじゃねぇぞクソオヤジ！　誰がこの発明王国日本を支えてると思ってんだ！　クレオンを負かすくらいちゃんとした明細書を書いて欲しかったら、もう一回データを取り直して俺ンとこへ持って来いっ!!」

鼻息荒く杉谷に歩み寄り、将孝が（ほらっ）とデータ集を押しつけたとたん、技術部長は「うわわっ」と小さく悲鳴を上げてその場に尻餅《しりもち》をついてしまった。

（あ、しまった）

と、将孝が我に返ったのは、自分のはるか下に杉谷の驚いた顔を見た瞬間だった。

そんなこんなで、無職になった将孝が神田北乗物町《かんだきたのりものちょう》にある祖父の特許事務所を訪ねたのは、そのちょうど一ヶ月後のこと。栃木《とちぎ》の田舎《いなか》から東京《とうきょう》の有名私立中学へ進んだ将孝は、十年後に国立の工業大学を卒業するまで祖父母の家で世話になっており、長い休みには特許事務所の仕事も見よう見まねで手伝ったりしていたが、五年前にガイヤに入社してからは勤務地が遠くてすっかり疎遠になってしまい、その日も実に三年ぶりに事務所のドアをくぐったのだった。

「あらまぁ、そんなことで会社から逃げ出しちゃったの、まあちゃんは？」

祖母の曽祢子は小柄でおっとりしているが容赦がない。はい、と自分に差し出されたほうじ茶を受け取って、将孝は「人聞きの悪いこと言わないでくださいよ」と口を尖《とが》らせた。

「俺は逃げ出したりしてません」

「でもおめぇ、居づらくなって辞めたんなら同じだろうが」

今度は祖父の元治の番だ。将孝はますますムッとして温《ぬる》いほうじ茶を一気に飲み干した。

「違います。居づらくなったんじゃなくて、ガイヤでの仕事に限界を感じただけです」

「けっ、そんなの同じだぁな、小賢《こざか》しい言葉遊びなんかすんじゃねぇよ。——それよりおめぇ、まさか仕事を放り出して来たんじゃあるめぇな」

「事後処理と引き継ぎはここ一ヶ月で全部すませました。あと、データの不正持ち出しがないかどうか徹底的に調べられて、最後には守秘義務の誓約書を山ほど書かされましたよ」

「そりゃ当たり前《めえ》だ。知的財産ってのは一度化ければ会社の『打出の小槌《こづち》』になるんだ。さんざんっぱら金と手間ぁかけた挙げ句に他社《よそ》にかっ攫《さら》われてどうするよ」

元治が（へっ）と鼻で笑った。三人がいるのは『平井特許事務所』の中に設けられた畳敷きの小部屋だ。そこに卓袱台《ちゃぶだい》を持ち込んで我が家の居間のようにくつろいでいる開襟シャツの老人は、今年で齢《よわい》七十八。終戦間もない頃からＪＲ（当時は国鉄）神田駅の側で小さな特許事務所を営み続け、その飄々《ひょうひょう》とした風貌《ふうぼう》と霞を食うがごとくの極貧生活ぶりから『弁理士界の神田仙人』と称されてはや数十年。その仙人が四角い灰皿の角でコンコンッと煙管《キセル》をはたいた。

「まぁ、おめぇの性格で会社勤めは無理だと思ってたよ。五年たぁよく保《も》ったじゃねぇか。なぁ、お曽祢」

「でも、まあちゃんほどの短気が五年も頑張ったのに。——ね、会社のひとも引き止めてくれたんでしょう？」

「それは…まぁ」

　技術担当部長をクソジジイ呼ばわりしたわりには。

「けけけけ、こいつが我慢なんて無駄無駄無駄。おとなしそうな顔して怒り出したら口は悪いわ手ぇは早いわ、どのみちいつかは上司殴って懲戒免職だ」

　実の祖父にしてあんまりな台詞も、まるっきりその通りなので反論する元気もない。将孝は己の腑甲斐《ふがい》なさでこめかみが痛くなるのを感じた。

　どうして自分はこんなにも短気なのだろう。物心ついてから他人に悪態をついた経験は数知れず、小学生の頃は見た目もガキ大将だったので周囲の誤解も少なかったのだが、東京に出てきてからは矯正しようとして必要以上に礼儀正しく振る舞ったのが失敗のもと。かえっておなしげな外見《みてくれ》と実像の乖離《かいり》が激しくなって他人を仰天させる頻度が高くなってしまった。

しかし、先日のアレは今思い出しても穴を掘って入りたくなるほどだ。ぎりぎり手を出すには至らなかったが、あれで杉谷が尻餅をつかず何か言い返していたら、迷わず胸ぐらを摑《つか》んでいたに違いない。杉谷の言っていることは至極当然、ガイヤのシステムの中では自分が折れなければならない状況だったのに、あろうことか逆ギレして怒鳴るとは。

(俺は社会人失格だ)

と、深く深く反省している将孝の耳に、上機嫌な元治の声が飛び込んでくる。

「ま、これでおめぇも踏ん切りがついたろう。で、いつ頃から事務所《ここ》で働けそうなんだ?」

「……え?」

「あら、まあちゃんうちに来てくれる気になったの?」

「は?」

それは一体なんのこと? と曽祢子を見たら、その横で元治が「かっかっかっ」と高笑いする。

「ったり前《めぇ》だ。こんな怒りんぼ、他人に使われてやってけるもんか。もともと俺の跡を継がそうと思ってガキの頃から念入りに仕込んでやったのに、大学出たとたんガイヤなんぞに入社しやがってよぉ。——ま、昔のことはいいさ。回り道したが予定通りだ。将孝、とりあえず働き始めンのは引っ越しが終わるまで待っててやっからよ、おめぇ今日にでも越してこい」

「あら大変！　じゃあすぐに帰ってまあちゃんのお部屋を片しとかなきゃ」

慌てて立ち上がろうとする曽祢子に将孝も慌てた。

「ちょっと待ってください。俺はこの事務所に入る気はありませんよ」

「ああ？　なんだとぅ？」

「その話は何回も断ったじゃないですか。職は他で探します。今日もこれから面接なんです」

「このトンチキ野郎、まだンなこと言ってんのか。うちの何が不満だってぇんだ。ガキの頃は楽しそうに手伝ってたじゃねぇか」

「それこそ昔の話でしょう。だいたい、ここに俺の仕事があるんですか？」

「そりゃどういう意味でぃ？」

「そのまんまですよ。ここに持ち込まれる特許案件はお祖父《じい》さんひとりで十分こなせるじゃないですか。いま俺が入って何をするんです？　第一、俺に給料は出るんですか？」

弁理士界の神田仙人が極貧生活を送っているのは、もちろん伊達《だて》や酔狂ではない。特許事務所だというのに特許化の相談ばかりで特許の業務が少なすぎ――――、つまり継続的に金になる客が来ないのである。事実、将孝が世話になっていた時の将孝の生活費はすべて栃木の両親が出していたし、学生時代の事務所の手伝いも当然のようにボランティアだった。

ただ、夢の特許化を目指して事務所にやってくる下町の発明家は、その熱意がどこか憎めなくて相手をするのが楽しかったのも事実で、だからこそ特に報酬が欲しいとも思わなかったけれど、それは生活費を考えなくていい学生の身分だからできたことなのだ。二十七にもなった大の男が、祖父母のわずかな収入をさらに削り取るようなマネなど絶対にできない。

　が、将孝の言い分に元治はまたもや（へっ）と嗤《わら》った。

「将孝ぁ、うちは自営業なんだぜ？　自分の食い扶持《ぶち》は自分で稼ぐのが基本だぁな」

「じゃあ、お祖父さんは俺に外へ出てお客を探して来いって言うんですか？」

「ああそうだ、『特許案件はございませんかぁ？』って街をぐ〜るぐる回って来い――とまではさすがの俺も言わねぇよ。おめぇは可愛《かわい》い孫だぁな。とっておきの案件をくれてやるよ」

「ええ？」

「いわゆる世紀の大発明家だよ。これが本当にすげぇんだ。まさに金の成る木だ。おめぇにくれてやるから、しっかり世話して、しこたま稼がしてもらいな」

　うへへへ、とほくそ笑む元治の顔は我が祖父ながら胡散臭《うさんくさ》い。『金の成る木』も『世紀の大発明家』も単語自体が胡散臭い。将孝は（ふん）とそっぽを向いた。

「俺はそういうのは遠慮します」

「ああ〜ん？　どうした、世紀の大発明家と聞いてびびったのかい？」

　馬鹿にしたような元治の声に、スッと将孝の目が細まる。

「どうして俺がびびるんですか」

「どうしてぇ？　びびったから遠慮すんだろう？　自分じゃ大発明家の難し〜い案件は手に負

えないって言ってるんだろうが？」

「違います。俺は堅実かつ誠実な研究者の案件を扱いたいんです。そんな得体の知れな…もとい、世紀の大発明家こそ、経験豊富なお祖父さんが担当すればいいじゃありませんか」

「ははぁ、クソ生意気に屁理屈《へりくつ》こいてんじゃねぇよ。相手も知らねぇうちから尻ぃ捲《まく》って逃げ出す野郎が、何が堅実かつ誠実だぁな。おめぇ、いつからそんな役に立たねぇ男になったんだ。うちにいた頃はもちっとはマシだったろうに、さてはガイヤで遊び呆《ほう》けてやがったな？」

「それは……いくらお祖父さんでも聞き捨てなりませんよ」

　将孝の低い声に、曽祢子が（あら、困ったわね）という顔をした。が、元治は構わず怒鳴り散らした。

「馬鹿野郎、捨てられねぇなら拾っとけ！　ああ、ああ、分かった分かった。おめぇに頼んだ俺が馬鹿だったよ。原田くんには『頼りにしてた孫が、まるっきり使い物になりませんでした』と頭ぁ下げて謝っとかぁな。ああ、ああ、本当に情けねぇったらありゃしねぇな！　俺の孫がこんな腰抜け野郎だったとはな‼」

　と、その瞬間、バン！　と卓袱台に両手を叩きつけて将孝が身を乗り出した。

「なんだとこのクソ爺《じじい》っ。もういっぺん言ってみろ！」

　対する元治は待ってましたとばかりに高笑いだ。

「おお〜？　何度でも言ってやらぁな、使い物にならねぇし、腰抜けだし、ガイヤじゃ仕事ができなくてクビになっちまったじゃねぇかっ」

「ガイヤは自分で辞めたんだ！」

「はぁはぁ、だぁれがそれを証明できるよ？　俺に信じて欲しかったら、それなりに仕事ができるとこを見せてみろ！　ほれ、これが原田武之の特許案件だっ!!」

やおら後ろを振り返り、小引き出しから何枚かの書類を引っ掴んで出したかと思ったら、元治はなんとそのままバターンと倒れてしまった。

「!?」

将孝には何が起こったのか分からない。しかし一部始終を見ていた曽祢子、「きゃあ！」と弾《はじ》かれたように亭主に飛びついた。

「あなたっ、どうしたんです!?」

「あた〜、あた〜、お、お曽祢、い、痛たたたたっ」

「痛い？　どこが痛いの？」

「い、う、こ、腰がっ」

「腰？　腰ですか？——ちょっと将孝、何を馬鹿みたいに見てるんです！　こっちに来てお祖父さんに手を貸しなさい!!」

「え？　あ？　……あ、はい!!」

つまりはそれが、『平井特許事務所の所長、ギックリ腰になる』の顛末《てんまつ》だ。救急車まで呼んでの大騒ぎのあと、病院の待合室のソファで元治の治療が終わるのをふたり並んで待っている時、曽祢子は（ほおっ）とため息をついた。小柄な老婆が背中を丸めている姿は心細い。将孝はロビーの自動販売機で買ってきた紙パックのリンゴジュースをそっと曽祢子に手渡した。

「あまり心配しない方がいいですよ」

「……困ったわねぇ。うちの事務所も、もう畳むしかないのかしら」

「そんなことないでしょう。お祖父さんが元気になったらすぐ事務所は再開できます。だいたい、あれがギックリ腰なんかで寝込むようなタマですか」

曽祢子はチラッと将孝を見て、それからまた（はぁっ）と大息をつく。

「違うのよ、まあちゃん。——実は今日、原田くんのところへいくつか審査請求の委任状をもらいに行かなくっちゃいけないの」

「審査請求の？」

「ええ。それがね、とっても言いにくいことなんだけど、元治さん審査請求の期限を間違ってて、すごくギリギリなのよねぇ。知ってる？　なにか七年から三年に短縮されたのよね？」

「そりゃ知ってますけど、改正になったのは四、五年も前ですよ。——で、その審査請求の期限はいつなんですか」

「う〜ん、明日？」

「え？」

明日!?

「ちょっ、ちょっと待って。その特許、数はいくつなんですか?」

「う〜ん、十三件?」

「じゅっ…」

十三件!?

将孝は思わずソファから立ち上がった。座ったままの曽祢子が(本当にどうしましょう)と首を振る。

「ほら、元治さんて何でもまとめてやるのが好きだから」

「まとめてって……請求内容の摺《す》り合わせは終わってるんですか?」

「だから忘れてたのよ。――ねぇねぇ、間に合わなかったら、その特許って全部ダメになるんでしょ?」

「もちろん出願は無効になります」

「そうしたら原田くん怒るわよね」

「普通は怒ります」

「きっとうちとの契約も解除になるわよねぇ」

「解除して、――場合によってはうちが違約金を払うことも考えないと…」

「ああ困ったわ。ここ三年ほど、うちの収入は原田くんとこだけなのに」

「……は？」

「原田くんに見捨てられた時が平井特許事務所の最後の日だって、元治さんいつも言ってるの。せっかくまあちゃんが戻って来てくれることになったのに、今度は事務所の方が潰れるなんてねぇ。ごめんなさいねぇ」

「………」

ちょっと待て。いったい何なんだ、この切羽詰まり具合は？

将孝は「困ったわ困ったわ」とリンゴジュースをごくごく飲む曽祢子を待合室に残し、元治のいる診察室を覗《のぞ》き込んだ。既に医者も看護師もおらず、元治が診察台の上で横向きに寝かされて点滴を受けている。将孝は静かに診察台に近寄ると、元治の枕元で声をひそめた。

「お祖父さん、ちょっと聞きたいことがあるんですが」

「なんでい、この爺不孝者《じじ》」

「原田さんの審査請求の件です。期限が明日で請求件数が十三件て本当ですか」

「本当だ」

「原田さんとの摺り合わせもまだとか聞きましたが」

「そうだよ」

「……どうするんですか」

「俺がこの調子じゃ、おめぇがどうにかするしかねぇだろう」

どこか予感していた元治の言葉に、将孝は次の言葉を言い淀《よど》んだ。本来なら即座に拒否するところなのだが。

「……お祖母さんが言ってたんですけど、その、事務所の収入が……どうとか…」

「ああ、まぁ、確かにいま俺ぁ原田くんの仕事しかしてねぇけどな。——そんなことよりおめえ、煙草《たばこ》持ってねぇのか？」

「病院は禁煙です」

「ちぇっ、固《かた》ぇ野郎だな」

元治は口寂しそうに顔をしかめ、それからおもむろに将孝を見上げた。

「将孝、とにかく審査請求の件は頼むわ。ちぃときついが、おめぇなら十三件ぐれぇ処理できねぇことでもねぇだろ。なに、半分は周辺特許だしよ」

「そんなこと言ったって、俺はこれから面接があるんですよ」

「面接がなんだ。ンなもんすっぽかしちまえ」

「何言ってるんですか、今日面接してくれるとこは一流企業の…」

「この馬鹿野郎っ」

思わず身を起こそうとして、元治が「あたたたたた！」とひっくり返る。

「ちょっ、お祖父さん、動いちゃダメですって」

「うるせぇよ」

助け起こそうと伸びてきた将孝の手を、元治はハシッと掴んだ。

「おめぇ、こんなチャンスは二度とねぇぞ」

「え？」

「昔っからよく言ってただろうが、大発明家に会いたいってよ。ほら、アインシュタインとかエジソンとか」

元治の言葉にサッと将孝の顔が赤くなった。

「止めてください、そんな子供の頃の話」

「子供の頃ぉ？　じゃあ、もう大発明家には会いたくねぇのか？」

「会いたいも会いたくないもそんな、——何を急に言い出すんですか」

「会いたくねぇなら、なんでガイヤを辞めたんだ？」

「え？」

思わず聞き返す将孝を、元治の細い腕が信じられない強さで引き寄せる。間近に迫った祖父の顔の真剣さに将孝は無意識に緊張した。

「お祖父さん…」

「いいか将孝。原田武之は本物の天才だ。あれこそ世紀の大発明家だ。何でもいいから会って来い。あれの世話はおめぇにしかできねぇ」

元治に強く睨みつけられて、将孝はそれ以上の言葉を呑み込んだ。

待合室でちんまり待っていた曽祢子が、戻ってきた将孝の様子に小さく首を傾げる。

「元治さん、何か言ってた？」

「原田さんの所には俺が行ってきます」

「え？　だって面接はどうするの？」

「そっちは延ばしてもらうよう頼んでみます。うちのミスで原田さんの特許が権利化できなかったら、そっちの方が大問題でしょう」

けっして元治の言葉を鵜呑《うの》みにしたわけではない。将孝も社会に出てそれなりに長いのだ。鳴り物入りで登場した天才が、実は秀才に毛の生えた程度だったなんて経験は何度もしてきた。ガイヤの謎の研究員『鴨田』にだけはどこか天才性を感じていたけれど、結局は最後まで会えなかった。

それに、祖父母のもとに預けられてから十年間、将孝はずっと元治の仕事ぶりを眺めて成長してきた。平井特許事務所のような下町の弁理士に持ち込まれる案件は、はっきり言ってほとんどが箸《はし》にも棒にもかからないアイディアばかりで、真に新規性や進歩性を発揮する案件は十に一つもありはしない。だが、元治は誰にでも同じように相手をした。けっして馬鹿にはしなかった。例の飄々とした態度を崩さずに、時には怒鳴りながらも自称発明家が納得するまで話をして、少しでも彼らの利益になるよう苦心惨憺《さんたん》しながら特許明細書を書き続けた。

誰かが何か新しいアイディアを形にしようとした時、その権利を守ってやるのが弁理士の仕事だ。素人《しろうと》には複雑すぎる特許の手続きを代行し、裁判所にかけ合い、愛すべき発明家が損をしないように日夜腐心する。

「弁理士は発明家のために労を惜しまない」

それが元治の口癖だった。

そんな、何事にも有言実行な祖父のことを将孝は心密《ひそ》かに尊敬していた。もちろん今でも尊敬している。だからこそ、祖父の窮地を見て見ぬふりすることは将孝にはできなかった。

「俺の就職のことはまだなんとでもなります。ほら、『平井特許事務所は最後まで発明家の味方です！』がお祖父さんの座右の銘《モットー》でしたよね。俺も平井家の人間として、今日はあれを胸に働かせてもらいますよ」

そう言ってようやく笑顔を見せた将孝に、曽祢子もホッと表情を和らげる。

「じゃあ、原田くんのことはよろしくね。あの子は本当にすごいのよ。あんまり案件を持ち込むもんだから、元治さん、あっという間に手一杯になっちゃってね、昔からのお客さんにはそりゃあ悪いことをしたの。でも、まあちゃんが原田くんを引き受けてくれたら、元治さんまた昔なじみの発明家さん達の世話もしてあげられるわ。ねぇ？」

「え……ええ、まぁ」

ずっと引き受けるとは言っていないのだが。

と、どこか心許《こころもと》ない将孝の返事に、曽祢子は（あらら？）とその顔を覗き込んだ。孫の戸《と》惑《まど》いをどう受け止めたのか、祖母は「ああ、ねぇ」と妙に労《いたわ》るような表情をする。

「大丈夫よ、まあちゃん。今度こそ上手《うま》くやれるわ。短気は損気。何事も勉強。今度ばかりは腹を括って、お客さま相手に我慢することを覚えなさい。ね？」

「……」

少し違うなぁとは思いつつも、祖母の懸念が身に覚えのないものでもなかったので、将孝は素直に「わかりました」と肯いた。思わぬ事態好転に喜々として診察室に入っていく曽祢子の背中を見送りながら、「弁理士は発明家のために労を惜しまない」と呟《つぶや》いてみる。それは確かにひとつの〝予感〟だったのだが、何を意味するのかまでは、まだ分かっていなかった。

その日の午後、原田武之が発明活動を続けているという谷中の研究所へ出向く途中、電車に揺られながら将孝は委任状に書かれた『発明の名称』をぼんやりと眺めた。

『発明の名称』――つまりは特許のタイトルなわけだが、十三件のそれを見る限りでは原田という男は既存の化学薬品の新しい使用法といった研究に重点を置いているらしく、ガイヤで電気関係の特許ばかりを扱っていた自分には少し荷が勝ちすぎるかなと思った。しかし、審査請求の手続きだけなら専門知識は無用だし、特許に関することは請求したあとでおいおい勉強すればいいと思い直す。

（あ、そういえば…）

面接を受けるはずだった会社に、延期を依頼するのを忘れていた。

「……まぁいいか」

ここだけの話、どうせあまり乗り気ではなかったのだ。それよりは発明をする人間に直に会える方がなぜだか嬉《うれ》しい。とりあえずしばらくは平井特許事務所の弁理士になったのだし、曽祢子が言ったように短気の矯正にもいい機会かもしれない。次の転職までに癇癪《かんしゃく》を起こさず仕事できれば、それがささやかな自信にもなるだろう。

（短気は損気。労は惜しまず）

将孝の口元でクスッと笑いが零《こぼ》れた。ガイヤで働いていた時には絶対に味わえない腰の低さだなと思った。あそこではほとんどが部内の仕事で、世間はひどく狭かったから。

実際その時の将孝には、退屈な面接を受けてガイヤと似たような仕事をやるより、胡散臭い大天才に会う方がよほど面白そうだと思えたのである。

＊＊＊＊＊

とはいえ、将孝が望んだ『面白さ』というのは、けっして謎の塔の前で未確認生物と遭遇するといった類のものではない。六月のとある月曜の午後。こんなことなら泣いて縋《すが》る爺婆を振り切って一流会社の面接を受ければ良かったと、将孝、その時ばかりは真剣に後悔した。

『あ～、分かったよ。そうまで言うなら、一応ドアは開けるけど、「きゃあ」とか「ぎゃあ」とか無しにしてくれよ、頼むから』

確かに将孝は悲鳴は上げなかった。悲鳴こそ上げなかったけれど、実際には目玉が飛び出すくらいに驚いた。

だって目の前には夏毛の雪男。シチュエーションは謎の塔。

顧客の異様な姿を確認する前にうっかり自己紹介をしてしまったが、どうしてもそれ以上声が続かず、情けないことに口を平井将孝の（ま）の形に固定したままパニックに陥ってしまったのである。インターフォン越しとはいえ舌打ちするなんて本当に失礼な男だと憤った気持ちも、自分を見た目で判断したことを後悔させてやるという意気込みも、もちろんその時点で山の彼方にふっ飛んでいた。

その毛はどうしたんですか？　とか、その毛はどうしたんですか？　とか、その毛はどうしたんですか？　とか。

訊いていいのか悪いのか。訊けば失礼、訊かねば不自然の判断に苦しむ状況だ。そして、言葉をなくした将孝の姿を検分しながら、夏毛の雪男は右手をひらひらさせる。

「なぁ、名刺ないの？」

「！」

とっさに目を伏せ鞄を探り、でも視界の隅っこにいる雪男の動きが気になって名刺をどこにやったか思い出せない。背丈は自分よりわずかに高いだけだ。ただ、厚み的には二回りほどでかいその身体にモスグリーンの作業着を着込んでいて、それで首から上が毛でぼうぼう。手首から先も毛でぼうぼう。おそらく身体全体も毛で……。

（～～～っ）

想像したら鳥肌が立った。

（に、人間だよな？）

しかしこんな毛深いホモ・サピエンスなんて、将孝は未だかつて見たことがない。

（でも言葉をしゃべってるし……。いや待て、確か『スター・ウォーズ』でこんな毛むくじゃらのキャラがいたはずだ）

しかしあれは異星人《エイリアン》。

己に鋭くツッコミを入れたところで、ようやく指先に名刺入れが触れた。ここへ来る前に特急で印刷した貧相な名刺が五十枚。その中の一枚をわたわたと取り出し、将孝はギクシャクと雪男に差し出した。

「よろしくお願いします。平井将孝と申します」

「あぁ、どうも。――へぇ、〝まさたか〟っていうのか。将孝ねぇ。……ひらいまさたか。――平井将孝?」

微妙に語尾を上げながら、雪男は怪訝《けげん》そうな顔で将孝を見た。もっとも、密集した毛に隠れてその表情の大半は分からないから、なんとなく視線がそんな感じ、という程度ではある。

「あの?」

「あ〜、あんた、もしかして前に……」

「はい?」

「いや、まぁいいや。あ、俺のも一応渡しとくわ」

そう言って渡された名刺には、明解なゴシック体で『原田技術研究所　所長　原田武之』の文字が並んでいた。将孝はそれを何度も何度も目で追って、それから目の前の夏毛の雪男をまじまじと見た。とても信じられない。信じられないが……。

「やっぱり、原田さんなんですか?」

「なんだ、その〝やっぱり〟ってのは」

「え？」

シーンという気まずげな沈黙音がグサグサ身体に突き立つよう。

滝のように冷や汗を流す将孝を、夏毛の雪男――もとい、原田はしばらく興味深げに見入っていたけれど、なぜだかそれ以上は〝やっぱり〟を追及しなかった。そうして、土足のまま通された部屋はドアを入ってすぐ右にある小部屋だった。

「茶でも淹《い》れてくるから待っててくれ」

原田が指差したのは部屋の中央におかれた事務机。ひとり残され、机に鞄を置いた将孝は、興味深く周囲を見回した。四方の壁の、その二面までが書棚で埋められて、すべての棚にリングファイルがぎっちりと詰め込まれている。その背表紙に並ぶ見覚えのある書き文字に、将孝は（あれ？）と目を瞬《しばた》かせた。楷書《かいしょ》を書こうとして草書になってしまったような、読めるようでいて読めない、読めないようでいて読めるという複雑怪奇な筆跡は、明らかに祖父の元治のものだ。思わず机の上を検分すれば、隅っこに置いた灰皿の中に煙管煙草の丸い灰がいくつか転がっていた。

「それ平井の爺さんの机だから、あんたも使っていいよ」

「！」

驚いて振り返った視線の先には、いつの間にか原田が戻ってきていた。茶を淹れると言いながら、手にしているのは緑茶のペットボトルと紙コップ。そして部屋の隅から粗末な丸椅子《まるいす》を持ち出してくると、机の横に腰かける。

「って言うか、ここ自体が爺さんの部屋だからさ」

「え、この部屋がうちの？」

「そう。あんま書類が多くて持ち運び辛《づら》そうだったから、ここを出張所に提供したんだ。備品もファイルも全部おたくの事務所の物だし、何でも自由にしてくれていい。――ま、とにかく座ったら？」

「……あ、すみません」

ガス圧式の椅子に腰を下ろしながら、将孝はもう一度書棚を見た。今の原田の言葉から察するに、ここに並ぶファイルの全部が目の前の男の発明案件に関わる書類なのだ。確かに元治は年齢的な問題でパソコンを使わないから、その分弁理士作業上の書類が多くなる。が、それでもこのファイルの量は尋常ではない。

将孝は元治の書類整理法を知っていた。子供の頃から当たり前のように資料のファイリングを手伝わされて、ここにあるファイルにどれくらいの数の特許関連資料が収められているのか容易に想像がついた。だからこそファイルの多さに息を呑み、何より驚いたのは、これがほんの五年程度の時間で溜《た》め込まれたという事実だった。

半ば呆然《ぼうぜん》とした将孝の耳に、祖父母の声がよみがえる。

『原田武之は本物の天才だ。あれこそ世紀の大発明家だ』

『あの子は本当にすごいのよ』

聞いた時は完全に話半分だと思っていたけれど――。

（しまった）

その瞬間、将孝は思わず奥歯を噛みしめていた。鳩尾《みぞおち》のあたりがぐっと熱くなり、まるで事務的な、悪く言えばほとんど物見遊山のような気分でここへやって来た自分が激しく悔やまれた。特許事務所の今後とか自分の性格矯正とか、そんな些末《さまつ》な私事に思いを巡らせる暇があったら、ひとつでも今日委任状をもらう特許の明細書を読んでおけば良かった。自分の名刺には平井特許事務所の名があるのだ。それを見た原田はおそらく元治と自分を同列に扱うだろう。なのに自分の頭の中に入っているのは十三件の『発明の名称』だけなのだ。

（～～～っ）

自分の判断の甘さを元治に仕事ぶりで気づかされるとは、なんたる恥さらし。将孝の眉が険しげに寄った。

「原田さん、すみません」

「ん？　――ああ、審査請求の件だっけ？」

「いえ、……すみません、ちょっと時間をいただきたいんですが」

「は？」

「二時間…いや、一時間でけっこうです。委任状に署名をいただく前に、明細書に目を通したいんです」

「へぇ？　明細書…って、特許文のことだろ？」

「はい。今日、委任状をいただく十三件分を」

「――？　今さらなんで？」

「すみません。ま…まだ読んでませんでした」

「……はぁ？」

将孝はガバッと頭を下げた。

「本当に申し訳ありません。ひとつも読んでいませんでした！」

「読んでない？」

それっきり言葉を途切れさせた原田の視線に晒《さら》されて、将孝は自分の顔がカアッと赤くなるのを感じた。実は今日いきなり仕事を任されたんですと、そんな情けない言い訳はしたくない。するのなら最初にしなければ意味がないのだ。それこそ今さらなタイミングだ。沈黙は一分近くあっただろうか。恥ずかしさに頭が上げられない将孝の横で、原田の動く気配がした。

「あ～、ああ、なら終わったら呼んでくれ」

ハッと顔を上げたら、原田が椅子から立ち上がるところだった。とんでもなく失礼なことを言ったはずだが、声は怒ってはいなかった。

「俺、上の階にいるから」

「上の……階ですか？」

「ああ、四階。最上階。ドア出て一番奥に螺旋《らせん》階段があるけど、内線で呼んでくれたら降りてくるよ。それの赤ボタンだ」

と、机においてあった電話を指差して、そのまま指先をドアの方へ持っていく。

「あと、この部屋の向かいがトイレ」

「どうもすみません」

「――え〜っと、俺、特許文がどこにあるのか知らないんだけど？」

「それは自分で探しますから」

「あ、そう。じゃあ、そういうことで」

原田が出て行ったあとも、しばらく将孝はじっとしていた。机の上には原田が汲《く》んでくれた紙コップのお茶が、ポツネンとひとつ残っている。それを手に取り一気に飲み干して、将孝はおもむろにファイルの群れを睨みつけた。


それからほぼ一時間後。受話器を取って赤ボタンを押したら、すぐに原田の返事がきた。

『はい』

「もしもし、平井ですが、終わりました」

『あ？　ああ、明細書読めたのか？』

「すみました。お待たせしてすみませんでした」

『あ～そうか、どうしようかな……ちょっと今まずいんだよな……。悪いけど委任状持って上がってきてくれっかな？』

「はい、わかりました」

委任状と、ファイルから抜き出した十三通の公開特許公報を手に将孝は部屋を出た。塔の中はこれまた味気ないコンクリート打ちで、装飾らしいものは何ひとつない。一階は幅の広い廊下がフロアの中央をぶち抜き、その左右の壁に二つずつドアがあるという単純構造だ。ひとつは平井特許事務所の出張所、ひとつはトイレ、あとのふたつは何だろうとなんの気なしにスチールドアの表示に目を走らせた将孝は、そこに『高周波利用設備』のプレートと、放射線を示す『三つ葉マーク』のシールを見つけて思わず足を止めてしまった。

おそらく何かの理学機器を設置してある表示なのだろう。確かにここは研究所だからそのこと自体は不思議ではないが、使用にあたって関連省庁に届け出のいる機器がこんな下町の一角に据え付けられていることにははっきり言って違和感を覚える。隣家との距離を思い出しながら、将孝は（電波障害とか、近隣への影響は大丈夫なのかな…）とふと思った。そしてこの建《たて》家《や》が塔のように細高い理由を、その時ようやく理解した。

電波系の特殊な機器を設置するために隣家との距離を取ろうとしたら、四方からどんどん壁が押し込まれて細くなり、それで減った床面積をなんとか確保しようとして今度は上へ上へと伸びてしまったのだ。一見乱暴なコンクリート打ちの壁も、何か近隣に配慮した細工がしてあるのかもしれない。

やっと腑に落ちた気持ちで奥の螺旋階段を二階へ上がった将孝を待っていたのは、ワンフロア全部を埋め尽くした化学実験設備だった。続く三階は工作機械が居並ぶ作業場で、なるほど『原田技術研究所』がコンパクトでオールマイティな造りなのはよく分かったが、ひとつだけ気になるのは、どうして誰もいないのだろうか。

（…まさかひとりか？）

この建物はすべての階で天井が高く、外から見たときは気づかなかったが、建ってからそれほど時間が経っていないようだった。しかも働いているのは原田ひとりとなると、ただでさえ謎なこの研究所の出自がますます不可解に思えてくる。よほどの金持ちでなければこれほどの研究所を自前で建てられるはずがなく、しかし、換金性の高い技術で儲《もう》けていると言われても、将孝は原田の名前を聞いたことがなかった。広いようでいて狭い技術分野では、個人で研究所を持てるほどの人物を、無名のまま埋もれさせておくわけがないのだが――。

（なんだか妙だな……）と、やや手遅れ気味な一抹の不安を胸に、将孝は螺旋階段を最後まで上り切った。最上階はそれまでの雰囲気とは違い、コンクリートの壁にクロス貼りがされていたり、床に絨毯《じゅうたん》が敷かれていたり、フロア半分をオープンにしたダイニングキッチンがあったりして、つまりここが原田の住空間なのだろう。階段の最後の一段を幅広にして玄関代わりに使っているのか、原田の靴が行儀悪く脱ぎ捨ててあった。

そして階段の真正面には見た目が同じなドアが三つ。

「えっと…」

このうちのどれに原田はいるんだろうか?

仕方がないので横に転がっていたスリッパを履いて上がり込み、右から順にノックして覗いていったら、向かって右はバスルームで真ん中はベッドルームだった。そのどちらにも原田はいない。消去法的に最終目的地と判断された左のドアを、将孝は強くノックした。

「原田さん、平井です」

「どうぞ。開いてるから」

「お邪魔します」

そろそろとドアを開け、遠慮がちに足を踏み入れてみれば、その部屋は左右の壁を本棚にびっちりと占められていた。本棚のない真正面の窓際には大きなワークデスクが置いてあり、原田はデスクトップ型のパソコンの前に背中を見せて座っている。いつの間に曇ったのか、窓からの陽光は薄くて部屋は薄暗かった。大きな背中が少し動く。

「特許文は全部読めたのか」

「はい」

「読んだご感想は？」

「え？　あ、とても美し…、いえ、理路整然とした進歩性のある技術だと思いました。その、私は化学は専門というわけじゃないんですが」

将孝の言葉に原田の背中がまた揺れた。どうやら笑ったらしかった。

「あんた、そんな正直で大丈夫なのか」

「え？」

「いや、いいよ。――委任状をくれ」

ちょいちょいと指で呼ばれて側まで行き、将孝は委任状を原田の肩越しに手渡す。

「全件を審査請求でいいでしょうか？」

「ああ、平井の爺さんが絶対に特許になるって言うから任せてる。このまま手続きしてくれ」

「ではお手数ですが、十三枚全部に署名捺印をお願いします」

「あ、判子か…」

そこでようやく原田は横を向いた。引き出しを探って印鑑ケースを取り出し、「朱肉はどこだったかな」とさらに引き出しを探る。その横顔を後ろからぼんやり見ていた将孝は、ふとある事実に気がついて、ギョッと息を呑んだ。

「は…原田さん？」

「ええ？」

ヒョイと顔を向けた原田の顔に、今度は「うわっ！」とあとずさった。なんと、原田の顔を覆っていた毛が、ボロボロボロボロと抜け始めていたのだ。

「ど、どどど、どうしたんですか、その顔中の毛は⁉」

「はぁ？　あんた今頃それを訊くのか？」

「いまっ、今頃って、だっ…だって、…だっ、脱皮してますよ！」

「なんで脱皮だ。こりゃ脱毛だ」

「あ、そうですね」

と、納得している場合ではない。将孝はどんどん下がってついにドアまで辿り着いてしまった。毛むくじゃらの原田を見た時には、その突拍子のなさに驚きを表現する余裕もなかったが、今度は平静を取り繕おうという考えも浮かばない。なぜだろう。毛が抜けるという動きがあるからだろうか。思わずゴクンと唾《つば》を呑み込む。

「ど、どうして抜けてるんですか⁉」

「そりゃ時間がきたからだ」

「時間？　時間て、原田さんは定期的に脱皮するんですか⁉」

「だから脱皮じゃなくて脱毛だ。狭い部屋でいちいち叫ぶなよ」

「でもっ、まだ抜けてますよ‼」

そうなのだ。原田の脱毛は現在進行中だったのだ。椅子から立ち、ゆっくりとこっちに歩いて来る間にも、顔からぽろぽろ毛が落ちていく。よく見れば手に生えていた毛も抜け始めているようで、一歩前に進むごとに毛がパラパラと足下に散っていった。

（～～～～っ）

なんたるおぞましさ。

「お、お、お身体の調子が悪いんじゃ!?」

「あぁ？　なんでいきなり体調の話になるんだ」

「だって、毛がそんなにっ」

「あのなぁ、あんたなぁ……」

大恐慌の将孝をドアのところに追い詰めて、原田は手を腰に（はぁっ）とため息をつく。

「まさか毛が生えた俺の方が普通だとか思ってたんじゃないだろうな？」

「えぇ？　だ…だって」

「おいおい、マジかよ？　こんな毛深い人間が世の中にいるわけないだろう」

ハタッと視線を合わせたら、呆《あき》れかえったような顔が目に飛び込んできた。表情を隠していた毛が薄くなった分、いかにも馬鹿にしているふうが感じ取れて、またもやカァッと将孝の頭に血が昇る。

確かに雪男のような毛深い人間は存在しない。しないが、顔を見た時「きゃあ」とか「ぎゃあ」とか無しにしてくれと言ったのは原田ではないか。つまりは驚くなということだろう。

そう思ったとたん、将孝の双眸がスッと細められた。

「――ンなの、わからねぇだろう」

ボソリと呟かれた将孝の言葉。それを原田が「なに？」と訊き返そうとした次の瞬間、いきなり将孝が原田の襟首を摑み上げる。

「夏毛の雪男がいるかいないか、そんなのまだわからねぇだろうがっ!!」

「うおっ!?」

怒声一発、次にはグイッと互いの鼻面《はなづら》を付き合わせた。

「いいか、よく聞けよこのクソったれ！　普通だろうが異常だろうがなぁ、初対面でいきなり相手の見た目には触れねぇもんなんだよっ！　それが大人の配慮ってもんだろうがっ！」

「は、配慮ったって限度があるだろう！　この毛だぞ!?」

「馬鹿野郎っ、こんな毛ぐらい俺には十分に許容範囲だっ!!」

「え、マジ!?」

原田が将孝の強がりを鵜呑みにしたその時だった。ふたりの背後でバサバサッと書類の落ちる音がした。ハッと目をやった先で、ワークデスクの下に委任状が散っている。

「あ、いけね」

という原田の声。同時に将孝も（あ、いけね）と血の気が引いた。

もしかして――もしかして俺、怒ってた？

もしかしなくても、力一杯怒っていた。

その後、散らばった書類を慌ててかき集めてから、将孝は冷や汗たらたらで失態のフォローを試みた。原田はすでに椅子に戻っている。その前に立たされ困った顔でうつむいている自分は、まるで職員室へ呼び出された高校生のようだと将孝は思った。

「あの……、それで委任状の方なんですが……」

「ああ？」

「あ、改めまして署名捺印をお願いします。これをいただいて、明日には早速特許庁へ出向きまして、間違いの無いよう審査請求の手続きをさせていただきます」

「………何それ？」

「え？」

驚いて原田を見ればひどく平淡な表情。さっきの無礼を怒っているのかとますます焦り、将孝が詫びの言葉を口にしかけた瞬間、原田はいきなりプーッと吹き出した。

「おいおい、なんだよその落差。あれだけの啖呵《たんか》切っといて、今さらデスマス調は止めてくれよ。最初、気が弱そうな顔だとか思って本当に悪かったと思ったのに」

「い……いや、その、先ほどは私も取り乱しまして、とんだご無礼をいたしま…」

「あーはっは！」

委任状に署名捺印が欲しいのに、原田は笑って取り合わない。将孝はいきなり怒鳴りつけたのを何度も何度も平謝りして、発明家と弁理士というスタンスに戻ろうと頑張った。

「すみません、けじめはつけたいんです。お願いします」

「けじめってなんのだよ?」

「しゃ、社会人としてのです」

「俺はそんなのはどうだっていい。大学中退してからはひとりでやってきたし、敬語なんか使われたらかえって鬱陶《うっとう》しいよ。平井の爺さんだって俺のことは『武之』呼ばわりなんだぜ?」

「…所長と私は違います」

「俺にすれば同じ特許事務所の人間だ。堅苦しくないのが気に入ってたんだからさ、頼むよ」

「困ります」

「あんた年齢《とし》いくつ?」

「に……二十七ですが?」

「なんだ、あんたの方がふたつも上か。なら、いよいよ敬語抜きでいいだろう」

「いけません。仕事と年齢《とし》は関係ありませんから」

両手を膝《ひざ》に置き姿勢を崩さない将孝に、原田は(はぁっ)と大息をついた。

「あ〜もう、堅いな。やっぱあんたダメだ。俺と合わないよ。俺はそうやって畏まるのが苦手なんだ。爺さんの腰が治ってからまた来てくれ」

「ええ？　あ、いやあの……きょ、今日中に委任状だけはお願いします」

「嫌だ」

「でも原田さんのアイディアが権利化されるかどうかの瀬戸際なんですよ」

「それでも嫌だ。帰ってくれ」

話は終わったとばかりに席を立とうとする原田の腕を、将孝は咄嗟《とっさ》に摑んだ。

「……くれ」

「は？」

「俺の仕事なんだ。委任状くれよ！」

ムッとしてタメ口をきいた将孝に、原田はニッと口の端を上げる。

「ＯＫ、ＯＫ。じゃあ署名捺印させてもらうよ。の前に、ちょっと風呂に入らせてくれ」


十分後、風呂に入ってむだ毛の処理を終えた原田は意外にも見た目のいい男だった。委任状を片付けながらコーヒーをすすっている姿はどことなく厳《いか》ついが、はっきりとした目鼻立ちの中で少しだけタレ気味の大きな目が表情に愛嬌《あいきょう》を加えている。と言っても、まだ頭髪はぼさぼさ、髭《ひげ》もぼうぼうと、体毛の量は標準以上だ。

「育毛剤？」

「ああ。爺さんから聞いてなかったのか？　俺は今それの研究をやってるんだ。髭で試してみたらちょっといい結果が出たんで、育毛剤の風呂を仕立てて入った」

「風呂？　風呂ってつまり、浴槽に育毛剤を満たして入ったのか？」

「そう」

「なんでそんなことを？」

「身体の部位の違いによって生え方が変わるのかどうか知りたかったからだ。ほら、自分で全身に塗るのは面倒だろ」

その結果が夏毛の雪男か。呆れたような将孝の視線に、原田は（へへへ）と頭をかいた。

「そりゃあ最初は驚いたさ。でも事後処理を考えてるうちにゴソッと抜け始めて、何度か試したけど結果は同じでさ。どうも髪とか髭とか、ふだん濃く生えている場所以外は一日と保たないようなんだ。それも回数を重ねるごとに脱毛開始時間が早くなるし。——平井の爺さんは特許になるって太鼓判を押してたけど、こんなんでもいけるのか？　おまえはどう思う？」

「類似特許を調べてみないとわからないが、新規性進歩性については文句のつけようがない」

ような気がする。

「しかし、脱毛のあとで体調とか悪くなったりしないのか？」

「別に。かえって爽快な感じだ」

「体重は？」

「体重？」

「エネルギー保存の法則から言って、あれだけ急激な新陳代謝をしたら当然体重が減るんじゃないのか？」

「あ、な～る…。それは調べてなかった」

「次に実験するならデータを取った方がいい。育毛薬として出願するには強烈すぎると思うけど、減量補助薬としてならいけるかもしれないし」

「減量補助薬？」

「世間には毛を生やしたいって人間より、瘦《や》せたいっていう人間の方がはるかに多いんだ。しかも瘦せたい人間の中には手段を選ばないという連中もいるしな。必要は発明の母だ。お母さんのお願いなら、発明家《むすこ》として本来の目的を多少横にずらすのもやぶさかじゃないだろう？」

ニヤッと笑ってみせる将孝に、原田はヒュッと口笛を吹く。

「あんた、やっぱあの爺さんの孫だな。そういう物の考え方そっくりだぜ」

「どうせ俺の弁理士根性は祖父さんの仕込みだよ。十三の頃からみっちりやられた」

「でもあんたの方が切れ味がいい。許容範囲も広いようだし、俺の好きな感じだ」

「……？」

とりあえずは誉《ほ》め言葉なのかな——と将孝は笑顔を返し、署名捺印のすんだ委任状を鞄の中にしまう。

「それで、ひとつ原田技研さんにお願いがあるんだが、下の部屋にパソコンを入れさせてもらっていいかな?」

「あの部屋はもともとおたくの出張所なんだから好きにすればいいよ」

「インターネットもやりたいんだけど回線あまってる?」

「光ファイバーを使ってくれ」

「どうも。じゃあ早速明日にでもパソコン持参で来させてもらうよ。午前中に特許庁へ行ってそれから秋葉原《あきはばら》に回って、午後には顔を出す」

「ああ、わかった。待ってるぜ将孝」

明日の予定を決めて将孝が研究所を出る頃には、原田は将孝の名前をそのまま呼ぶほどまでに気易《きやす》くなっていた。会ってまだ数時間、そこまで将孝が気を許した理由は単純明快、初対面で夏毛の雪男姿を見せられてしまい、相手に常識的な対応を求めようという気が起きなかったからである。昔から元治が相手にしていた自称・天才発明家達も破天荒な人間が多かった。原田が年下だという事実も作用したのかもしれなかった。

事務所に帰る途中、将孝は鞄に収まっている十三枚の委任状を思う。来がけには白紙だった紙切れに、今は原田のサインが入っている。これで特許の仕事ができるのだ。そのことが弁理士としての将孝を不思議なくらい嬉しくさせていた。

＊＊＊＊＊

次の日、徹夜で仕上げた申請書を朝一番で霞ヶ関《かすみがせき》にある特許庁に持ち込んだ将孝《まさたか》は、十三件の審査請求を無事に終え、庁舎の最上階にある喫茶ルームで遅い朝食を取っていた。このあと秋葉原《あきはばら》に行って特許業務用のパソコンを調達し、そのまま谷中《やなか》の原田《はらだ》技術研究所、略して原田技研へ行く予定だ。最近の特許業務は何でも光ファイバーを介したパソコン上で行える。手書きで仕上げた明細書を昔ながらに本庁舎の窓口へ持ち込むというのもありだが、生き馬の目を抜くような発明世界では、弁理士として常に業務の最速性を確保しておかなければならない。

将孝は目の前のトーストをむしゃむしゃと片付けながら、元治《げんじ》はオンライン出願の許可をちゃんと取ってるんだろうか――などと忙《せわ》しく考えを巡らせていた。

と、その時、背後から将孝に声をかけた人物がいる。

「ああ、いたいた。おはよう、平井《ひらい》くん」

「！」

聞き覚えのある声に振り向いたら、驚いたことにそこにいたのはガイヤ電器の天宮《あまみや》徹《とおる》だった。

「課長!?」

「ああ、そのままそのまま。ここ、相席していいかな?」

「どうぞ。あ……お久しぶりです」

「久しぶり、ってもまだ一週間もご無沙汰してないじゃないか」

あははは、と明るく笑って、天宮はコーヒーを注文する。将孝がチノパンに開襟シャツ、綿のジャケットというラフな格好なのに比べ、ガイヤの元上司は蒸し暑い中でもライトグレーのスーツをそつなく着こなし、相変わらず技術系事務職と言うよりは有能な営業マンのようだ。

「今日はどうしたんですか? 課長が霞ヶ関まで来るなんて珍しいですね」

「どうしたもこうしたも、君に会いに来たんだよ」

意外な言葉に将孝は「え?」と目を瞠《みは》った。

「私に…ですか?」

「そうだよ。特許庁《ここ》で捉まえられて本当に良かった。今朝、君のお祖父《じい》さんの所へ電話したら、午前中はここだろうって教えてくれてね。平井くん、携帯くらい持ちなさいよ」

そこへコーヒーが運ばれてくる。天宮がブラックのまま一口飲むのを待って、将孝は思わず身を乗り出した。天宮が山梨《やまなし》にある中央研究所から自分に会いに出かけてくるなんて、どう考えてもただごとではない。

「あの、何か私がやった仕事で問題が起こったんでしょうか?」

「ええ? ——ああ、違うよ。そんなことじゃないんだ」

天宮はニッコリと将孝に笑いかけた。

「平井くん、折り入っての相談なんだけど、君、もう一度ガイヤに戻って来る気ない？」

「……は？」

目の前でニコニコしている天宮の真意がわからず、将孝はコーヒーカップを手にそのまま固まってしまう。戻るも何も、自分がガイヤを辞めたのはほんの一週間前なのだが。

「あれ、驚いた？」

「……はい」

「ははは、まぁそうだよね。いや失敬、失くしてわかる平井くんの価値っていうのか、君がいなくなってからいきなり部内の仕事が滞ってしまってね。今、特許部はてんてこ舞いなんだ」

「でもあの、申し送りはかなり厳重にやったつもりなんですけど」

「どんなに手取り足取り申し送っても、できない人間はできないんだよ。ひとつの明細書を上げるのに三日も四日もかかって、おまけにできた案文は誤字脱字に穴だらけ。それもただの周辺特許だよ？　別に一から書けというのではなくて、君が書いた本特許を真似《まね》ればいいだけなんだよ？　ご立派な大学まで出てるくせにどうしてできないんだろう。目眩《めまい》がする」

「課長…」

言っていることは何となく想像できるが、まさか天宮は本気で自分を呼び戻すために東京《とうきよう》へ出てきたのだろうか？　目の前でため息をつく元上司の姿に、将孝の中で申し訳なさがつのった。心密《ひそ》かに尊敬していた相手だ。自分の短気が原因で会社を飛び出すことになっただけに、天宮に迷惑をかけているのかと思うといたたまれない。

「本当にご迷惑をかけてすみません」

「だからねぇ、戻ってくる気ない？」

その瞬間、将孝の脳裏に祖父母の顔と、なぜだか夏毛の雪男の姿が浮かぶ。

「それは……ちょっと」

「もしかして君、杉谷《すぎたに》部長のこと気にしてるのかな？」

「え？」

「今さらだけど、彼も君にはすまなかったと言ってたよ。君さえ良ければ水に流して元通り一緒に仕事がしたいって」

「——あの…杉谷部長がですか？」

「ああ。あのひともあの時は痛いところを突かれて逆ギレしたんだよね。ガイヤがクレオン電工《うち》に特許数で押されてるのは、誰《だれ》も触れないだけで皆が知ってることだし、同じくらい開発費をかけてるのに差が出るってことはつまり、技術陣の能力が劣ってる証拠だから」

自嘲《じちょう》気味な天宮の言葉に、将孝は（とんでもない）と身を乗り出した。

「そんなことはありません。ガイヤには鴨田《かもた》さんみたいな優秀なひとがいるじゃありませんか」

「あ？　――ああ、鴨田さんか。そういえばそうだったねぇ」

　と、どこか含みのある言い方をして、天宮はコーヒーを飲み干した。

「ほら、君が杉谷部長とぶつかる原因になった案件あったよね。あれって鴨田くんの研究だったろ？　結局、差し戻しになったんだ」

「え、なぜですか!?　まさか明細書に問題が？」

「いや、君の明細書は完璧《かんぺき》だった。が、残念なことに仇敵《きゅうてき》クレオンに類似特許を出されてたんだよ。君が問題視してたのとはまた別のやつだ。つい先日、公開されてたのを見つけて慌てて出願を延期してね。技術部門がクレオンとの相違性を示すデータを持ってこられなければ、あれはこのままお蔵入りだろうなぁ」

「そんな…」

　将孝は呆然《ほうぜん》と天宮を見た。鴨田の案件はガイヤでの最後の仕事だったのだ。会社を去る上での唯一の未練でもあったから、何よりも丁寧に仕上げたはず。いやそれ以上に、鴨田の研究はそんな柔《やわ》な内容ではなかったはずなのに。

　クレオンの類似特許がどんなものなのか、将孝は今すぐにでもその明細書を読みたい衝動に駆られた。しかし、ガイヤの社外にいてはたとえ対応策を考えついても無駄だ。

　言葉が途切れた将孝に気がついて、天宮は「いや、失敬」と笑顔を見せた。

「こんなみっともない話は、この場だけにしてくれるかな？」

「…はい」

「平井くん、改めてお願いするよ。真剣にガイヤへの復帰を考えてみてくれないか」

「課長」

「私はもうずっと君の能力を買ってるんだよ。知的財産は発明家と弁理士によって支えられているんだ。君のような有能な人材は市井《しせい》に埋もれてはダメだ。日本の最先端技術を支える場でこそ、その能力を発揮して欲しい」

天宮に熱く説得されて、将孝の心は激しく揺れた。さらには鴨田の話が拍車をかけた。あの案件を立て直せるのなら、杉谷に詫《わ》びを入れて戻ること自体は構わない。

だが、その場で「わかりました」という言葉は、どうしても出てこなかった。

「すみません、実は今、抱えている案件があるんです」

「え？　じゃあ、お祖父さんの特許事務所を手伝うことにしたのかい？」

「はい。祖父が急に体調を崩していて代わりがいないんです。始めたばかりですけど、今日もそれの審査請求で特許庁《ここ》に」

「つまりは『町の発明家』ってやつ？　便利お掃除グッズとか、万能台所アイテムとか？」

「は？」

天宮の口元に一瞬、何とも言えない嘲笑《ちょうしょう》が浮かんだが、将孝はそれには気づかなかった。

「いや失敬。それって特許じゃなくて実用新案かもしれないね。——で、お祖父さんはいつ頃全快の予定なのかな?」

「さぁ、なにせ八十近い年寄りですから、今日明日ってことはないと思います」

「それならお祖父さんが元気になってからでもいい。東京を離れるのが無理なら嘱託という形でもいいんだ。——あきらめが悪くて申し訳ないんだがね」

「いえ、そんな。お言葉ありがとうございます。よく考えさせてもらいます」

「いい返事を期待してるよ。こっちからの連絡は事務所の方にすればいいのかな?」

「はい。私はしばらく谷中に詰めることになるかもしれないんですが、事務所には祖父母が常駐してますから連絡がつくようにしておきます」

「谷中?」

　フッと天宮の動きが止まる。

「平井くんの新しい住まいは谷中なのかい?」

「え? あ、いや、今携わってる仕事の相手が谷中にいるんです」

「…ほう、君の発明家が谷中に……」

「——? どうかしましたか?」

「んん? や、何でもないよ。——今日は平井くんの前向きな発言が聞けて、私も山梨から出てきた甲斐《かい》があった。また連絡するから、一刻も早くガイヤへ戻《う》る気になって欲しいな。ついでに携帯も持つようにしてくれたら嬉《うれ》しいが」

「そうですね。そっちも検討させてもらいます」

天宮と別れて特許庁を出たら、いつの間にか六月の空から雨が降り出していた。足早に地下鉄の構内に逃げ込み、路線図で秋葉原への道を確認して切符を買う。あとから思い返してみれば、将孝の町の弁理士ライフはその瞬間から正式に始まったのだった。


鶯谷《うぐいすだに》の駅から原田技研に向かう途中で雨脚はますます強くなり、駅で買った小さなビニール傘では上半身を守るのが精一杯。将孝は膝《ひざ》から下をびしょびしょに濡《ぬ》らして雨の中を急いだ。そして原田技研の側までやって来た時、その煉瓦《れんが》門から出てくるひとりの男に目が留まる。

（——？）

スーツを着た男の顔がはっきりと見えたわけではない。雨は激しく、大きな黒い傘に隠れ、あまつさえ男は将孝とは逆の方向へ歩き出したからだ。しかし、どこかで見覚えのある後ろ姿だと思った。こんな場所で知り合いに会うはずはないのに——。

しばらくの間、将孝は訝《いぶか》しい思いで男の後ろ姿を見送っていたが、結局はそれが誰だったか思い出せないまま原田技研の敷地内に入った。紫陽花《あじさい》の並木が雨に打たれて水滴を散らし、アプローチを行く将孝をさらに濡らす。ホッとした気持ちでドア横のインターフォンを押したら、今日は応答もなしにいきなりドアが開いた。出てきたのはもちろん原田武之《たけゆき》だ。

「あんったもしつこいな、今は忙しいって言っただろう」と、一気に捲《まく》し立てたあと、原田は将孝を見て「ああ」と一転表情を和らげた。

「なんだ、将孝か」

「どうも。——誰かお客さんだったのか?」

「いやもう帰った。入れよ、遅かったな」

「ちょっと秋葉原で手間取ってね」

「そういやパソコンはどうしたんだ? 手ぶらじゃないか」

「ノートは長時間使用に向かないって言われて断念したんだ。この雨の中、デスクトップを今日中に配達してくれる店を探し回って大変だった」

言いながら原田に続いて入ったはいいが、靴の中までびしょびしょだ。こういう時に土足オンリーというのは面倒だなと将孝は躊躇《ちゅうちょ》した。

「悪い、スリッパかなんか貸してもらえる?」

「ん? ああ、外はひどい降りなんだな。ズボンも貸してやるよ、ちょっと四階《うえ》へ上がろう」

「申し訳ない」

「濡れた服は脱いどけ。脱衣所に置いておけば除湿が入ってるからじきに乾く」

「ああ」

最上階へ上がり、原田が放って寄こしたジャージを手に将孝がバスルームへ入ったら、なぜだか原田もついてきた。

「どうかしたのか？」

「いや、俺はこれから実験だ。気にせず着替えてくれ」

「実験て、育毛剤の？」

「今日はプラス減量剤」

原田はニッと歯を見せると、将孝の目の前でどんどん衣服を脱ぎ始める。そこに現れた肢体は室内《インドア》の研究者とは思えないほどひき締まっていた。育毛剤の影響か背骨に添って毛が少し濃くなっており、どこか人間離れしたその姿をぼんやりと将孝が眺めていたら、原田の手がトランクスにかかった。

（！）

不躾《ぶしつけ》な自分の視線に将孝は慌てて目を逸《そ》らせた。原田の気配は背後で右に左に動き回り、やがて将孝の真後ろに立つ。ドキリとして振り向こうとしたら、先に原田の右腕が伸びてきて、将孝の顔の横からマジックペンで壁に何か書き記した。

「悪《わり》、他に空いてなくて」

「え？」

振り返る前に書かれた文字を見る。数字だった。体重だなと思ったら、背後でガラッと風呂場の引き戸が開いた音がした。

（他に空いてなくて？）

　と、原田の言葉の意味を考えながら、将孝がもう一度壁を見直した時だ。そこにギッシリと書き込まれた数字に、思わずハッと息を呑《の》んだ。数字だけではない。数式や化学式や、何かよく分からない図形で壁一面がくまなく埋め尽くされ、まるで壁紙の模様のようになっている。これが何かと問う必要はない。答えは簡単だ。つまりあの男は風呂に入る時でさえ、とめどなく湧いてくるアイディアを寸暇を惜しんで壁に書き留めているのだ。

　将孝は息を詰めて濡れた服を脱ぎ始めた。これは相当に腹を括《くく》らなくてはならないと思った。原田は初めて出会うタイプの研究者だ。ただ明細書を書くだけの代筆屋に成り下がらないためには、あの男のアイディアを理解し、さらにそこから展開させるだけの知識を持たなくてはならない。化学の勉強はあとでしようなどと、呑気《のんき》なことを言っている場合ではなかった。

（早く案件を整理して少しでも勉強の時間を作ろう）

　いきなり気持ちが急《せ》き始める。原田の寄こしたジャージが上下セットなのを見て、将孝はチノパンだけでなく開襟シャツも脱いだ。

　さほど広くない脱衣所で将孝がトランクス一枚になった時、いきなり風呂場の戸が開《ひら》いた。

「！」

　反射的に振り返ったら素っ裸の原田が立っていた。目のやり場に困って弾《はじ》かれたように顔を戻し、将孝は大慌てでジャージのズボンを手に取った。

「ま…また全身浸《つ》かったのか？」

「ああ。自分じゃ場所を選んで塗る方が面倒くさいからな」

落ち着かない素振りでズボンを穿《は》く間にも、原田に背後から見られているようで背中がモゾモゾする。ジャージの上着を羽織ろうとしたら、原田が腰にバスタオルの姿で真横に立ち、何の前触れもなく将孝の腕をグッと摑《つか》んだ。これには将孝もびっくり仰天、「うわっ⁉」と思わず身体を引く。

「な？　な？　な？」

「……意外と薄いな」

「えぇ？　な、なに？」

「おまえ、体毛は薄い方だろう？」

（⁉）

たとえ頭のことではないにせよ、「毛が薄いだろう」と訊《き》かれて「おっしゃる通りでございます」と唇を噛《か》む男はまずいない。もちろん将孝も男のひとりだ。

「何なんだ急に！　俺は普通だ」

放せ放せと腕を引っ張りながら、目一杯陰険な目で原田を睨《にら》み上げたが、原田は将孝の二の腕をじっと見つめたまま、まったく意に介さなかった。

「これが普通か？」

「絶対に普通だ。絶賛増毛中のおまえと比べるな」

「いや、比べさせてくれ」

「は？」

「いいだろ？　ちょっとこの身体貸してくれよ」

言うが早いか、原田はいきなり将孝の腰に腕を回した。次には恐るべき怪力で抱え上げ、あっという間に風呂場に連れ込む。あまりの早業に声も出せなかった将孝は、浴槽に満たされた薄黄色の液体を見たとたん、原田の意図を理解し暴れ始めた。

「ちょっ、ちょっと待て、おい！」

「心配するな、おまえを浸けたりしないから」

「当たり前だ！」

何が悲しくてこの梅雨時《つゆ》に夏毛の雪男に。いや、冬だったらいいという問題ではない。

冷や汗をかきながら精一杯抵抗したが、タイルの上に押し倒され、上からのしかかられてついに進退窮まった。発明家はマニキュアを入れるような小瓶《こびん》をどこからか持ち出すと、蓋《ふた》をひねって小筆を引き出す。そのふっくらとした筆先に含まれているのは間違いなく育毛剤だろう。

（〜〜〜っ！）

「原田、止《や》めろ」

「一センチ四方を十ヶ所。一ヶ所につき一万円でどうだ」

「ええ？」

「検体によって生え方や抜け方に違いがあるかどうか知りたいだけだ。一回だけおまえの身体で試させてくれ。ちゃんと金は払うよ」

「か、金の問題じゃない！」

「でも平井の爺《じい》さんはＯＫしてくれたぜ？」

なんだとぅ!?

将孝は我が耳を疑った。いつからあのクソ爺はそんな怪しげなバイトを始めたんだ!?

「特許のことでずっと研究所《ここ》に詰めてたからな。頼んだら喜んで引き受けてくれた」

「一ヶ所一万円で？」

「んにゃ、八千円」

「………」

「頼む。ひとつでも多くのデータが欲しいんだ。協力してくれよ。な？」

「……う…」

けっして自分の方が高値だったから心が動いたわけではない。

技術者がデータを欲しがる気持ちは弁理士として理解できたし、薬に深刻な副作用がないのは目の前の原田が実証している。八十に近い元治が平気だったことを自分が躊躇するのは、何だか度胸がないみたいで嫌だと感じたのも本当で、それに何より自分は男だ。薬の影響で多少毛の濃い部分が身体に残っても、それで今後の人生に支障をきたすことはないだろう。

将孝はムッと口をひん曲げた。

「……こ、ここでなくてもいいだろう」

「へ?」

「風呂場でバタバタ塗ってどうするんだ。ちゃんとしたデータが欲しいんなら、それなりの準備をしてからにしろよ」

「いいのか?」

「一回だけだぞ」

「OK、OK。契約成立だな」

原田は大喜びで将孝の身体を解放すると、「じゃあ、キッチンで」と顎《あご》をしゃくった。


果たして、自分の判断は正しかったのだろうか——。

ダイニングキッチンで椅子《いす》に座らされた将孝は、釈然としない思いで目の前を行き来する原田を睨んでいた。稀代の発明家は腰にバスタオルという姿のままだ。服くらい着ろと言ったら、「ふたりの間で実験開始時間を大きくずらしたくない」と却下された。

「ちょっと服着るくらい、一分もかからないだろう」

視線を落として小声でブックサ言っていたら、原田が意気揚々として戻ってきた。

「よし、じゃあ服を脱いでくれ」

「は？」

「ジャージだけ。上も下も」

「なんで？」

「なんでって、服から見えるところで実験していいのか？　顔とか手の甲とか」

「…っ」

それは困る。しかし育毛剤の被験者がどうしてトランクス一丁にならなければならないのか。

──と、将孝がまだ躊躇《ためら》っていたら、原田が急いたようにジャージを脱がしにかかってきた。

「ほら早く。時間がもったいないだろう」

「わっ、わかった！　待て、自分で脱ぐ」

「早くしろよ」

将孝が脱ぎ終わるのを待ちかねたようにして腕を引き、原田は将孝をテーブルの上にうつ伏せに押しつける。胸を圧迫する硬くて冷たい感触が将孝の背中を波打たせた。

「な、なんでっ」

「最初は後ろからだ。まず、肩胛骨《けんこうこつ》と背骨の間。左右とも」

「っ！」

　小筆の先が静かに肌を舐《な》めた瞬間、将孝の顎がクッと上がった。つられて背中が緊張し、両手がテーブルの縁を強く掴む。将孝は慌てた。ただ薬を塗られているだけなのに、これほど鋭い刺激があるとは思わなかった。

　左から右へと動く筆先はまるで蛇の舌のよう。細かく浅くチロチロと動き、将孝の背中に怪しげな薬を塗りたくっていく。わずか一センチ四方の小さなポイントから身体が徐々に発熱していくようで、将孝は小さく息を吐いた。と、その時、ふいに筆が離れる。シンと静まりかえった部屋の中で、原田が息を詰めて自分の背中を見ていると感じた。

「――痛いとか、そういうのは？」

「だ…大丈夫だ」

「じゃあ、次は両脇《りょうわき》」

「…っ」

　将孝はもう、目をつぶって原田の作業が終わるのを待つしかなかった。温《ぬる》く湿った筆先が脇を念入りに嬲《なぶ》っている時は、妙な反応を返さないようにできる限り身体を硬くしてやり過ごす。原田の手がいきなりトランクスを押し下げた時だけは思わず後ろを振り返ったけれど、結局は黙ったまま腰の付け根に薬を塗らせた。

「OK。今度はテーブルの上に座ってくれ」

「まだあるのか？」

「十ヶ所って言っただろう？」

なら、あと五ヶ所もか。将孝は半ば憂鬱《ゆううつ》になりながら身を起こして、言われた通りテーブルに座り直した。原田はその前に立ち「ほら」とバインダーを差し出す。

「さっき塗ったのはここだ」

指差された先にはレポート用紙に描かれた人体の略図がふたつ。その片方は後ろ向きで背中に五つの×印があった。書き込まれているのは確かにさっき薬を塗られた場所だ。絵で見る分には何でもないのにな、と隣の人体図に視線を移した将孝は、もう片方の、前向きの人体に書き込まれた×印の位置を認めて（ひいっ）と総毛立った。

ちょっと待て。

「原田っ」

「足を開け」

「あ、足？　いや、それは」

「太腿《ふともも》の一番太いところの内側だ。左右両方」

「なんでそんなとこ。俺は毛なんて生えてないぞ」

「俺は薬で生えるんだ」

「お前と一緒にするなっ」

「だから比べるんだろう」

「そんなの……、うわっ！」

問答無用とばかりに両膝を割られ、反動で後ろに倒れ込む。テーブルに後頭部を打ち付けた次の瞬間には、大きく開かれた内股《うちまた》に湿った筆を押しつけられていた。

(～～～っ!!)

咄嗟《とっさ》に口を両手で押さえた。右腿を塗られ左腿を塗られ、更には臍《へそ》の下を遠慮なく塗られた。次がどこに来るかわかっている。さっき人体図で見たからだ。

「原田」

気がつけば迫ってくる男の肩を押し返していた。

「む、胸はいいだろう!?」

「ダメだ。十ヶ所でワンセットなんだ」

「じゃあ自分で塗る」

「それもダメだ」

ぺたん、と筆に乳首の際《きわ》をなぞられたとたん、将孝の腰が跳ね上がる。

いくらなんでもこれはひどい。自分は石でできた不感症人間ではないのだ。敏感な場所にこんなことをされれば、男がじっとしていられるわけがない。

「も、自分で塗るって」

「あとちょっとだ、我慢しろよ」

筆を取り上げるのに失敗し、それでもよこせと腕を伸ばした。そうしたら弾みで筆先が踊った。踊った筆先は狙《ねら》いすましたかのように将孝の乳首を――。

ペロリと舐《ねぶ》った。

「あっ」

いきなりの甘い声。原田がハッと動きを止め、将孝もまた自分がどんな声を漏らしたのかすぐに気がつく。驚いたような原田の視線に晒《さら》されて、動揺した将孝の頭は一気に沸騰した。のしかかっていた男を力一杯押し返すと身を起こし、憤然として右手を前に突き出した。

「馬鹿野郎、薬を出せ！　自分で塗る!!」

「あ、…ああ」

「…っこの」

ひったくるようにしてもぎ取った薬を、将孝はこれでもかというくらい両胸に塗りたくった。

原田は半ば呆然《ほうぜん》としてそれを眺めていたが、将孝が（なに見てるんだっ）と鼻息荒く小瓶を突き返したら、おもむろにニヤリとした。

「なんか…思ってた以上にいいな」

「なに!?」

その時だ。半裸で向かい合うふたりの間にピンポーンとインターフォンが割り込んだ。

『っちわ～、赤帽です～、商品お持ちしました～』

タイミングがいいのか悪いのか。将孝が今日中の配達を依頼していたパソコンが階下に届けられた音だった。

『え、今日からそっちへ泊まり込むの？』

受話器の向こうの驚いた声に、将孝はそわそわと周囲を見回した。原田技研内の平井特許出張所には自分以外誰もいない。そこの内線兼外線電話を使い、将孝が祖母の曽祢子《そねこ》に連絡を入れたのは夜十時を回った頃だった。

「うん、ちょっと仕事が押してしまって」

『まあちゃんたら何言ってるの、とりあえず審査請求は終わったんでしょう？　元治さんだって夜にはちゃんと帰ってきたわよ』

「あ、でもその…、ほら、パソコンのセッティングとか一気にやらないと、あとが面倒なので」

『ぱそこん？』

苦手分野の話題を出されると、さすがの曽祢子も口を閉ざす。将孝はここぞとばかりに用意していた台詞《せりふ》を繰り出した。

「お祖父さんがまとめてたファイルの中身を全部パソコンで整理しようと思ってるんです。いわゆる目録作りってやつです。それから調べてて分かったことなんですけど、拒絶理由通知やら無効審判請求やらがいくつか来てたんですよ。それが手つかずで残ってました」

『まぁ、ほんと？　それはたいへんだわ』

拒絶理由通知とは、審査請求された特許に対して特許庁の審査官が特許化を拒絶すると判断した場合に出願人に通知されるもの。また無効審判請求とは、特許が審査をパスし権利化されたあとで、第三者からその取り消しを訴えられるもので、どちらにも発明者の反論が許されている。だが、反論しなければ自動的に特許自体が消滅するのだ。弁理士の女房として曽祢子もその仕組みを知っているから、将孝も話が早かった。

「でしょう？　これも早くやらないといけないので、俺はしばらくこっちに詰めます。原田さんの許可はもらいましたからご心配なく」

『ご心配なくって、どれくらいなの？』

「さぁ、一週間くらいじゃ片付かないかもしれませんね。なにしろすごい量だから」

書棚に詰まったファイルの群れに目をやりながら、将孝は今後のスケジュールを頭の中に思い描いた。これを片付ける間にも原田が新規案件を持ってくれば、泊まり込みでやっても十日やそこらはすぐに吹っ飛ぶだろう。そうなればガイヤ電器に復職するどころか嘱託契約を結ぶのさえ当分は無理だ。そこまで考えて、将孝は（ああそうだ）と前に向き直った。

「ところで話は変わるんですが、もしかしたらガイヤの天宮課長から電話があるかもしれないんです。その時は俺に連絡ください。こっちから連絡し直しますんで」

『ええ、わかったわ。じゃ、あまり長居しないようにお仕事がんばってね。おやすみ』

「おやすみなさい」

　受話器を置いた将孝の口から、ハアッと深いため息が漏れる。実は家に帰れない理由はもうひとつ、原田が実験結果の確認のために残っていてくれと言ったのだ。

（しかしあれはマズかった）

　原田の実験に付き合ったことではない。それ自体は特に後悔していない。問題なのは試験中の自分の態度だ。薬を塗られた時の慌てようといったら、大の男としてかなり情けなかった。たとえ勢いだったとしても、被験をいったんＯＫしておいて、土壇場で「胸は止めてくれ」はないだろう。

（そういえば…）

　胸、もう毛が伸び始めたのかな？　と、ジャージの上から押さえてみた。自分でしこたま薬を塗ってから、かれこれ八時間近く経つ。原田の例から考えると、もうそろそろ兆候が見られてもいいはずだったが、化繊越しの感触ではよく分からず、息を呑んでファスナーを下ろした。

「ん…んん？」

「おい、電話終わったのか」

「うわっ！」

　いきなり後ろから声をかけられて、将孝は椅子から飛び上がらんばかりに驚いた。慌てて振り返ったら原田がまた夏毛の雪男に戻りかけで二度ビックリ。

「な、な、なに!?」

「電話。終わったんなら上に来いよ。遅くなったが飯にしよう」

「あ…」

そういえば腹が減ったような。

原田にクイッと顎をしゃくられ、将孝はそそくさとファスナーを上げた。螺旋《らせん》階段をふたりで上っている時、二階の化学実験室で蒸留装置が動いているのがチラリと見え、三階の工作室にも灯がともり、原田はここを上下に移動しながら何かやっていたらしい。午後にパソコンが入ってから将孝は一階の出張所に詰めっ切りで、原田も覗《のぞ》きには来なかった。

「わざわざ呼びに来なくても、内線を使えば良かったのに」

「俺は階段を上り下りするのが好きなんだ」

「へぇ？　ただ上り下りするだけが？」

「ああ」

「じゃあ、ここにはエレベーターはないのか？」

「機材昇降用は一応ある。ボンベとかは担いで上がるがな」

「ボンベってガスボンベか？　あれってかなり重いだろう」

「俺が使ってるのは一本五十キロくらいのやつだから、慣れれば平気だ」

慣れれば平気といっても、螺旋階段はこの狭さだ。形状が細長く持ちにくいガスボンベの五十キロは、同じ重さの中でも最も重く感じる五十キロのはず。恐るべきは原田の怪力。自分が風呂場で簡単に押さえ込まれたのも無理はない。将孝は（なるほど）と肯《うなず》いた。

「今の話で謎《なぞ》が解けたよ」

「謎？」

「おまえが頭脳労働者にあるまじき立派な体格をしている理由だ」

最上階に着いたところで将孝は笑い、その笑顔に原田は目を細くした。

「好きなんだ」

「何が？　ボンベ運びが？」

「ああ。何も考えず階段を上がったり下がったり、重い物を抱え上げたり。そういう単純作業をしていると、頭の中がクリアになって実験上の懸案が解決したりする。ちなみに、あれもその作業の一環だ」

原田が指し示したテーブルの上には、庶民派の一汁三菜的夕食が並んでいた。そのささやかな立派さに将孝は目を丸くする。

「これ、全部おまえが作ったのか」

「料理もやってる最中は何も考えずにすむだろ」

「とか言いながら発明のアイディアをひねり出す？」

「俺は思いついたことをどうやったら立証できるのか、その方法を考えてるだけだよ。その過程を『発明』に仕立ててるのは平井の爺さんだ」

「え？」

「とりあえず喰《く》おう」

なめこ汁に焼き鮭《ざけ》、だし巻き、ホウレン草のおひたし。原田の手料理は色鮮やかな見た目通りに美味《おい》しく、黙って食事を続けながら、将孝は目の前の原田をじっくりと観察した。育毛剤のせいでかなり毛が濃くなってきていたが、まだ完璧な夏毛の雪男にはほど遠い。最初は驚き、今も驚いてはいるが、出会ってから二日足らずでどんな姿の原田も自分の許容範囲に入りつつある。

不思議な男だな、と今頃になって思った。初めてこの建家《たてや》の前に立った時、殺風景なコンクリートの塔と色鮮やかな紫陽花の庭の取り合わせにひどく違和感を感じたものだったけれど、そのちぐはぐなイメージは、まんま原田にも重なってくる。生来の天才というのは、こういうものなのだろうか。風呂に入りながらせっせと脱衣所の壁を数式で埋めつくし、五十キロのガスボンベを担ぎ上げながら頭の中で難問を解決する。

単純作業の間は何も考えてないと原田は言うが、それは嘘《うそ》だ。確かに考えている。常人よりよほど考えているのだろうが、原田としては考えてないも同然なのだ。

その時、将孝の脳裏にふいに鮮やかな色彩がよみがえった。

「なあ、アプローチの紫陽花だけど」

「へ?」

「あれって、おまえが植えたのか?」

「あ? ——ああ、ここを建てた時に苗木をもらってな」

「なんで?」

「なんでって、咲くと綺麗《きれい》だろう? そう思わないか?」

当たり前のことを訊くなよ、と原田が訝しがるのを、将孝はなんだか温かい気持ちで見つめた。こんなふうに即答できる男は嫌いではない。小さい頃から偉人の伝記をむさぼり読んで、いつかは大発明家と呼ばれる人間に会ってみたいと思っていたけれど——。

(コンクリートの塔に住む、花を愛《め》でる発明家か)

将孝はくすっと小さく笑った。

「なんだよ、思わないのか?」

「いや、思うよ。とても綺麗だと思う。あの紫陽花は見事だ。俺も——好きな感じだ」

そう言ってニッコリ笑ったら、原田は妙に照れくさそうな顔をした。

ご馳走《ちそう》してもらったせめてものお礼に、食事のあと片付けは将孝が買って出た。皿を洗う将

ボリボリ
もぐもぐ

孝の後ろで、原田はどこからか組み立て式のパイプベッドを持ち出してくる。ダイニングキッチンの隅っこに布製スクリーンのパーティションを配し、手慣れた様子で簡易の宿泊コーナーを設《しつら》えた。もちろん、泊まり込んで仕事をする将孝のためだ。

「狭いがここで寝てくれ。空調は効いてるんで寒い暑いはないと思う」

「ありがとう」

案内された即席ベッドルームを一目見て、将孝はヒュウと口笛を吹いた。

わずか二畳ほどの広さとはいえ、シングルベッドの横には小引き出しの付いた籐《とう》製のサイドテーブルと卓上スタンドが用意されて、足下には麻のマットまで敷かれていたのだ。

「寝られるだけでよかったのに」

「そういうわけにはいかないさ。いっそ俺の寝室でもいいかと思ったんだが、さすがにいきなりはまずいかと思って」

「そりゃいきなりは…」

(ん?)

まずいって何が？　——いや、い、い、いきなりはまずいって何？

「ここのキッチンも風呂場も好きな時に好きなように使っていい。俺はけっこう出入《ではい》りするが、気にしないでくれ」

「あ？　——ああ、わかった。それで、あの…」

「食事については晩は俺が作るから、あとは冷蔵庫の中を漁《あさ》るなり外に買いに行くなりしてくれ。あとでここの合い鍵《かぎ》を渡すよ」

「そりゃどうも。それよりさっきの…」

「じゃ、服を脱いでそこに横になって」

「う、うん」

原田に言われるままベッドに膝をついてジャージのファスナーに手をかけていた将孝は、ハッと我に返った。

「服ってなんで？」

「育毛剤を使ったところ、様子を観察したいんだ。ほら、俺がこうだろう？」

原田は（これこれ）と、自分の顔を指差す。将孝はその夏毛の雪男化している様子を見て、

「ああ」と頭をかいた。

「すまん、それについてはあまりご期待に添えそうにない」

「なんでだ」

「さっき自分で見たらぜんぜん生えてないんだ」

「え、マジ？」

「うん、どうしてか自分でも分か……、うっ、うわっ!?」

将孝が悲鳴を上げたのは、突然原田に押し倒されたから。強くベッドに押しつけられ、次の

瞬間には胸をガバリとはだけさせられていた。

「ちょっ…」

「あ、ほんとにつるつるだ」

「！」

つるつるだ、という語感に男としてカチンとくる。が、さすがにここでは怒れない。なにしろ本当につるつるなのだ。あれほどに塗った育毛剤の効果が皆無となれば、お約束通りの変化をしている原田が不思議がるのも無理はない。

「おまえが薬を間違ったんじゃないのか」

「いや、そんなことはないが。…ちょっと背中も見せてくれ」

将孝は横たわったまま片肌脱いで、素直に原田に背を向けた。と、すぐに後ろから何ともいえないため息が聞こえてくる。

「――生えてないのか？」

「へ、何が？」

「何がって、毛に決まってるだろう」

「あ…ああ、毛か？　生えてない、っていうか変化なしだ。――足はどうだ？」

一縷《いちる》の望みをもってズボンを脱いだが、やはり生えていなかった。トランクス一丁の将孝をベッドの上においたまま、原田は腕を組んで考え込む。もうジャージを着てもいいんだろうかと将孝がモゾモゾし始めた時、原田はようやく口を開いた。

「悪《わり》い、もう一度だけ塗らしてもらっていいか？　金はあらためて払う」

やっぱりそう来る？

将孝はジャージに伸びかけていた手を引っ込めて、「金は別にいいよ」と仕方なく肯いた。

背中はまだいい。脇や腰のくぼみはかなり微妙だが、いたたまれないむず痒《がゆ》さもとりあえずはやり過ごせる。問題は前だ。

ヒヤリとした感触が太腿の内側を這《は》い始めて、将孝は思わず目を閉じた。蠢《うごめ》く筆先に意識を集中しないためにも、何か話さなければと思った。

「な…なぁ、どうして育毛剤を手がけたんだ？」

「え？　おい、もうちょっと股を広げてくれ」

「…っ、と、特許資料を見る限りは研究対象はずっと化学系で、医薬関係は初めてだろう？」

「──医薬っていうよりも、この春先から硫黄《いおう》に手を出したんだ」

「硫黄？」

「前々から興味があってな。原子番号十六番。酸素の一族で性質も似てるわりに、その化合物は生物側から見ると有害なことが多い。でもコラーゲンの原料として体毛や爪《つめ》や皮膚組織を形成する最重要元素でもある。このギャップが面白いと思わないか？」

原田の声とともに筆は太腿から臍の下に移っていく。次にくる場所を思って、将孝は返事もせずに息を詰めた。昼間は精神的に無防備だったから、うっかりあんな反応をしてしまったに違いない。

そう自分に言い聞かせる将孝の緊張を知ってか知らずか、原田の声は妙に明るかった。

「で、硫黄をやる上でわりと結果が分かりやすいと思ったのが体毛だったんだ。生えるにしても抜けるにしても、見れば一発で効果が分かる。——だろ？」

その時、臍の下にあった筆先がふいに肌から離される。そして十数秒のインターバルのあと、たっぷり薬液を染みこませたそれが右の乳首にギュッと押しつけられた。

（…っ!!）

一瞬だけ身体が震えた。こそばゆい感覚が胸から脇に動いていくのは筆先からあふれ出した薬のせいだ。それが筋《すじ》となって流れ落ちていくのを見て、原田の左手がサッと動き、将孝の脇から乳首へ、薬の筋を拭《ぬぐ》い取るように手のひらを強く擦《こす》りつけた。

（あっ）

将孝は咄嗟に顔を逸らした。不用意な声が漏れないようきつく歯を食いしばり、（早く終われ！）と頭の中で懸命に唱える。いつの間にか原田の言葉が消え、シンと静まりかえった中で筆が将孝の左の胸に移った。そして育毛剤の塗布がすべて終わる頃には、将孝の全身はじんわりと汗をかいていた。

「――なんかこれって…ヤバイかも」

ぽつりと零《こぼ》れた原田の言葉に、将孝はようやく目を開く。おもむろに視線を原田に向けながら、（これってヤバイ？）と反芻《はんすう》した。

「…な、何がヤバイんだよ。は、発毛の度合いにこ、こ、個人差があるのは……あ、あ、当たり前じゃないっ、か」

ひどい緊張が解けたあとで、満足に口が回らないのが恥ずかしいやら悔しいやら。その気持ちを振り払うように、涙目の将孝はことさら険悪に顔を歪《ゆが》めた。

「うちの祖父さんはどうだったんだよ？」

「………」

「ちゃんと生えたのか？」

「………」

「おい、原田！」

「は？」

「うちの祖父さんは生えたのかって訊いてるんだ!?」

「ああ、平井の爺さん？　生えたぜ、立派なのが」

将孝はガバッと身を起こした。

「本当か!?」

「本当だ」

それはあまりにも大ショックだ。七十八の老人に生えるものが、なんで二十七の自分に生えないのか。栃木《とちぎ》にいる父親はまだ禿《は》げてはいないし、母方の祖父も年相応ではあったがつるっ禿げではなかったはず。

（やっぱり俺って毛が薄い……？）

呆然としながら怖い考えに囚《とら》われていた将孝の肩に、原田がぽんとジャージをかける。

「個人差ってのは確かにあるんだから、あまり気にするな。爺さんも俺ほど伸びたわけじゃないからな。明日また見せてくれ」

「………」

薄毛なんじゃないかと自信を失いかけている時に、毛がぼうぼうの相手から「気にするな」と慰められることほど男として惨《みじ》めなことはない。原田が下の階に消えたあと、自分も一階に戻って仕事をしなければと思いながら、将孝は結局そのままベッドに突っ伏して寝てしまった。考えてみれば昨日は十三件分の審査請求書類の作成でほぼ徹夜。朝から特許庁に行き、天宮に再会し、秋葉原でパソコンを買って、最後には原田技研で合宿するという目まぐるしい展開に、体力的には限界だったのだ。

——で、翌朝目が覚めたら、時刻はすでに九時を回っていた。

「うわっ⁉」

慌ててベッドを飛び出した将孝は、ダイニングキッチンのテーブルの上に用意された一人前の朝食を見て、思わず原田の姿を探した。ドアが開け放たれた三つの部屋のどれにも原田はおらず、三階、二階、一階と降りていったがやはり見つからない。思い切って玄関を出たら、意外にも紫陽花のアプローチの真ん中に立っていた。

夏毛の雪男姿で庭に立つなんて大胆な。――だが、声をかけようとした将孝の動きがふいに止まる。なんと原田はすっかりさっぱり脱毛していたのだ。

「原田」

「！」

ハッと振り返った顔はなぜだかひどく驚いていた。

「おう、起きたのか。飯、作っといたの喰ったか？」

「いや、まだ。おまえはもう？」

「ああ」

ゆっくりと戻ってくる原田を見ながら、あの食事はやはり自分のためのものだったのかと将孝は申し訳なくなった。昨夜は晩しか用意しないと言っていたのに。

「すまなかった。これからは自分でちゃんとやるよ」

「気にするな。ただのついでだ」

「ところでおまえ、もう毛が抜けたのか?」

「ん? ……ああ、目が覚めたらすっかりな。いよいよ今回は五時間も保《も》たなくて、思わず料理に走ってしまった」

「えぇ?」

だからこっちの分まで朝飯を作ったって?

思わずその光景が浮かんできて、将孝はプッと吹き出してしまう。

「で、料理中の無の境地で答えは出たのか?」

「出たら紫陽花なんか見てないよ。なんで周期が短くなるのかさっぱり分からん。あの薬は一からやり直しだ」

「硫黄の研究の一環なら、そこまでこだわることないんじゃないのか?」

「是でも非でも結論を出さずに放り出すのは嫌いなんだ」

将孝との会話で沈む気持ちが吹っ切れたのか、原田は塔の中に戻った。最上階へ戻る自分と別れて二階の化学実験室に入っていく背中を見送った将孝は、自分も育毛剤の被験者のひとりだったことを思い出した。チラッと襟を引っぱって中を確認し、少し考えたが——。

「原田」

「え?」

「俺のも一応見てくれよ」

「見る?」

流し台に山積みにされたビーカーを洗い始めていた原田は、最初、分からないという顔をする。

「見るって何を?」

「薬塗ったとこだよ」

「あ? あ〜、ああ、あれか。あれな。……あれ、もういいわ」

どこかそわそわと気のない返事をして、原田は将孝から目を離すと、ビーカー洗いに没頭し始めた。その空々しい態度が将孝をムッとさせる。

「おい、明日また見せろって言ったのはおまえだぞ。いくら俺が失敗例だからって、結果を無視することないじゃないか」

「べ…別に無視なんかしてないよ。さっきも言ったろう、一からやり直すって」

「一からやり直すってのは、前にあったことを無しにするって意味じゃないだろうが。研究者は失敗から学ぶことだって多いはずだ。テストしたんだから最後までデータは取れ」

「……いや、そうじゃなくて」

「とりあえず観察しろ!」

将孝はさっさとジャージを脱ぎ、(どうだっ)と原田に胸を張って見せた。原田はまだこちらを向こうとしなかったが、それでもビーカー洗いの手は止めた。

「——先に背中を見せてくれ」

「なんでだよ」

「なんでって、俺にも心の準備……、いや、塗った順に観察したいんだ」

「わかったよ、ほら」

くるりと振り返った将孝の後ろで、原田の振り返った気配がする。じっと背中を見つめられて、なんだかチリチリと肌が粟立《あわだ》つような感じがした。

「生えてるか？」

「生えてない。ＯＫＯＫ、前を向いてくれ」

「待て、腰を見てないぞ」

「あ？　——ああ、腰か」

原田の指が将孝のズボンの腰ゴムを引っぱり、すぐにパッと離す。とても観察できたとは思えないが、興味が半減した研究対象への扱いなんてこんなものかと、将孝は文句も言わず前を向いた。どうしてだか原田は伏し目がちだ。

「前も…生えてないな」

「さっぱりだ。おまえ以上にショックだよ」

「それは個人差だって言ったろう。こういう結果の方がやってる側としては面白いんだぜ」

フッと口を歪め、目を上げる。が、将孝と目があったとたん慌てたようにまた伏せた。どうしてこんなに挙動不審なんだろうと、将孝は思わず首を傾《かし》げた。

「原田、おまえ…」

「え～っと、臍の下はどうだ？　やっぱダメだな。太腿もダメ。はい、お疲れさん。——あ、もう風呂には入っていいから」

「………」

一応はメモを取っているけれど、あとでまとめる気があるのかどうかは非常に疑わしい態度だ。将孝は実験主の期待に添えなかった被検体の悲哀を噛みしめつつ、とぼとぼと最上階へ上がって行かざるを得なかった。が、いつまでもめげている将孝ではない。原田が用意した焼き鯵《あじ》メインの質素かつ美味な朝ご飯を綺麗さっぱり平らげると、がぜん労働意欲が湧いてきた。皿を洗い、シャワーを浴びて自分の服に着替え直し、足取りも軽く一階へ降りる。そして、祖父元治がまとめ上げた膨大な特許資料の前で、まずは拒絶査定不服審判請求の準備を始めた。

（う～っ、目がチカチカする）

ようやく仕事に目処《めど》の付いた十日目、長時間のモニター作業で疲れ果てた両目を指の腹で揉《も》みながら、将孝は足を引きずるようにして四階へ上がった。と、珍しいことにその日は原田が戻っていた。壁の時計は夜の十時過ぎ。将孝が上がってくるのはいつもその時間だが、原田はたいてい二階か三階に詰めていて、夕食だけテーブルの上に載っているパターンが続いていたのだ。それが今日は四階にいて、まさに料理の真っ最中だった。

（実験のキリが悪かったのかな？）とは思ったが、何やら難しい顔をして料理に没頭している原田に声はかけない。

最初はその姿を見かけるたびに声をかけていた将孝だったが、それが無駄だと気づくのにさほど時間はかからなかった。いったん実験に突入すると、原田は沈思黙考、独り言も呟《つぶや》かなくなる。しゃべる代わりにガリガリと猛烈な勢いでメモ書きを始め、壁でも机でも床でも、そこら中を文字と数字で埋め尽くしてしまうのだ。そんな時の原田は将孝が何を言っても耳には入らない。

そして、原田にしてみれば実験も料理も同じように集中したい作業のようなのだ。

それがよくわかっている将孝だったから、冷蔵庫からビールを取り出すとダイニングテーブルでおとなしく料理の完成を待つことにする。プシュッという爽快な音が耳に快い。自分で買い出しに行ったビールを豪快に飲み干しながら、将孝は興味深げに原田の横顔を眺めた。

つくづく思う。原田武之というのは本当に不思議な男だ。

そのアイディアの豊かさは、確かに稀代の発明家と元治が賞賛するのも肯けるレベルだ。将孝の知る限り、絶え間なく発明を続ける人間というのは、その考えの道筋が非常に分かりやすい場合が多くて、化学なら化学という特定分野のさらに限られた範囲内で、AからA'、A'からA''、A''からA^nと連続的・発展的に仕事を広げていく。

反対に、めったに出ないが不特定多数の分野でA、B、C、Dと脈絡もなく発明を連発する発明家というのも確かに存在する。原田はまさしくこのタイプだった。それも世間のニーズに即したお役立ち発明というよりは、基礎研究の分野が得意なのである。どちらかといえば大学の研究者っぽい原田の特性を、さすがというか元治は良く理解していた。そして有望な案件から最速での権利化を図り、それをことごとく大企業に売り飛ばすという手法を取ったのだ。

これは『特許実施許諾契約』と呼ばれ産業界では珍しくなく、マーケティング力の高い大きな会社が、自力では商品化までもっていけない個人の研究者や小さな会社から特許を買って自社で商品展開するシステムである。もちろん、特許を提供した者にはまず最初にまとまった金額と、それから一定期間に渡って実施料が対価として支払われる。

そして、原田も当然その恩恵に浴していた。

それを将孝が知ったのは、審判関係で金が必要となり原田に費用の支払いを請求した時のことだ。発明家がポンと放って寄こした都銀のキャッシュカードには、あろうことか暗証番号がでかでかと書き込まれていて、まずその不用心さに呆《あき》れ果てた。それを持って金をおろしに行った将孝は、出てきた利用明細を見てビックリ仰天、思わずカードを取り落としそうになってしまった。なんと普通口座の取引残高が八桁もあったのである。

焦った将孝はその足で神田北乗物町《かんだきたのりものちょう》の平井特許事務所に駆け込んだ。

「原田さんとうちの契約はどうなってるんですか？　一件いくら、という単価制ですか？」

「いいえ、年契約の月払いですよ。あんまりいっぺんにたくさんのお金をもらうと、管理が怖くてね」

そう言って祖母の曽祢子が見せてくれた銀行通帳には、毎月決まった日にけっこうな額の振り込みがされていた。おそらく、年契約にしても最高レベルの契約額だろう。通帳を見つめる将孝の表情から気持ちを察したのか、曽祢子は「そうなのよ」と肯いた。

「元治さんだってこなせる数に限りがあるんだし、そんなにたくさんいらないって言ったんだけど、大きな特許が売れた去年から、原田くんがどうしてもこの額で年契約したいって聞かなくてね。あなたが働いてくれるようになって、ようやくトントンになったかしらね」

「………」

つまりまぁ、原田は金に全く困ってなくて、祖父母夫婦が相変わらず貧乏なのは貧乏に見せかけた清貧だったわけで、将孝は事務所がもらっている額に見合うだけは一生懸命働けということなのだ。それについて異存はない。将孝にとって原田技研は本当に働きがいのあるお客さまだから。

仕事の合間合間に見かける原田の、その研究に没頭している姿も、庭で紫陽花や植木を弄《いじ》っている様も、将孝は同じように好きだった。ただひとつだけ、何を思い直したものか一日一回育毛剤のテスト経過を確認したいと自分の服を脱がしにくるのは少しどうかと思ったが、それも一度はあきらめた薬剤に再び執着を見せ始めたのだから充分に研究者の鑑《かがみ》だと思う。

しかし、研究者の鑑的な原田にも問題がないわけではなかった。

それは将孝が拒絶査定に意見書を出すため、原田の手が空いているところを狙って以前の特許について相談を持ちかけた時のことだった。

「拒絶査定？」

「こっちが出した特許について、特許庁が新規性がないって権利化を拒絶して来たんだよ。それに反論するために意見書を出したいんだけど、ちょっと説明して欲しいことがあるんだ」

「――どの特許だ？」

「これだ」

将孝が差し出した公開特許公報をしばらく眺めてから、原田は「ああ、これか」と呟いた。

「思い出した？　実験の主旨について訊きたいんだ」

「主旨?」

「ああ。特許文を読めばなんとなく考え方は分かるんだけど、同じ文章を読んで審査官はNOを出したわけだし、確認の意味も込めて摺《す》り合わせしたい」

「平井の爺さんはそんなことしないぜ?」

「うちの祖父さんは化学《バケがく》が専門だし、明細書を一から書いてるんだから確認の必要はないよ。

——なんだよ、説明するのが嫌なのか?」

「……そういうわけじゃないが」

「じゃあ、なんだ。どうして渋るんだ?」

「……面倒くさい」

「は?」

「思い出すのも面倒くさい」

「……何?」

最初、そのあまりの言い様に将孝は耳を疑った。仮にも心血を注いで結果を出した研究を、思い出すのも面倒くさいとはなんたる言い草だろう。思わずムッとした将孝の目の前で、原田はポリポリと頭をかく。

「なんて言うか、思い出してる時間があったら他のことを考えたいんだ。一日は二十四時間しかないだろ? 考えたいことは山ほどあるのに終わったことで時間を取られたくない」

「時間って、そんな十分やそこらのことじゃないか」

「それさえ惜しい。新しいことを頭から追っ払うだけでもひと苦労だから」

え？　と将孝は目を瞬《しばたた》かせた。

「……おまえ、そんなにあとからあとからアイディアが湧いてくるのか？　頭の中に？」

「ああ。ぼやっとしていると同時に三つくらい別々のことを考えている時があるんだ。アイディアが列なして順番待ちしてる感じ？　そこに終わった研究のことを割り込ませるのにはマジ労力がいる」

「………」

大真面目《まじめ》な顔をしてとんでもないことを話す原田に、将孝は絶句してしまった。原田の言葉をそのまま単純に受け取れば、集中力がありすぎて頭の切り替えに時間がかかるという話だが、おそらくそれとは微妙に違うのだろう。原田自身、切り替えることは難しくないはずだ。現に今だって三つのことを同時に考えている時があると言った。たとえ天才でも同時ということはありえない。つまりは三つの思考回路を目まぐるしく切り替えながら、他人が必要とする時間の三分の一程度で考えをまとめてしまえるのだ。そして、ひとつが終わればまた次のアイディアが降臨する。

しかし――。

将孝は無意識に姿勢を正して原田に向かった。

「原田、おまえの言いたいことはわかるし、今回は俺がうちの爺さんに聞けばすむことかもしれない。けれど俺は目の前に発明者がいるのなら、直接発明者に訊きたいんだ。質問に二、三答えてくれるだけでいい。手間は取らせないから頼む」

「別にそんな細かく考えなくても、おまえが好きに書けばいいじゃないか」

「何？」

「研究の内容はおおよそ分かってるんだろ？　なら、主旨がどうとかじゃなくて、審査官が納得するように書いてくれればいいからさ、弁理士のテクニックってやつでちょちょっとやってくれよ」

（！）

原田の言葉が耳に入ったとたん、将孝の双眸《そうぼう》がスッと細まった。

「――おい、テクニックって何だ？」

「へ？」

「おまえ、弁理士をそんなふうに思ってたのか？」

「……えぇ？」

さすがの原田も将孝の雰囲気が変わったのに気がついた。が、その時には遅かった。将孝の手がいきなり原田の胸ぐらを摑む。

「このっ馬鹿野郎!!」

「うわっ!?」

将孝の剣幕に原田の身体が後ろに傾いだ。が、それを力任せに引き戻して、将孝はさらに怒鳴りつけた。

「てめぇ、弁理士を舐《な》めるんじゃねぇぞ！　俺らはデータを放り込めば特許が出てくる魔法の箱か？　ああっ!?」

「え？　あ？　ま、将孝？」

「いいかよく聞け。確かにテクニックはある。あるがそれはあくまでも発明の主旨を分かりやすく説明するためのものだ。弁理士が発明者に成りすまして審査官に反論するなんて、そんな不遜なまねができるか！　俺を馬鹿にするのもいい加減にしろ!!」

「い、いや俺は別に」

「別にもクソもあるか！」

原田をドンと突き放すと、将孝は言葉に力を込めてもう一度言う。

「さっきの特許、俺の質問に答えてくれ。——いいな？」

原田は呆然として肯いた。その恐れ入ったような表情を見て、将孝はようやく我に返る。

（俺、もしかしてまた怒ってた？）

頭の中、怒った顔で（うんうん）と答えてくれたのは、祖母の曽祢子だった。

「弁理士は発明家のために労を惜しまない――か」

料理をする原田の横顔をじっと見つめながら、祖父の口癖を口にしてみる。明細書を書かせれば自分は今でも敵《かな》わないだろう祖父が、原田だけで手一杯になった理由もなんとなく分かった。先に進むのが忙しくて、後ろを振り返る暇もないと言う男。自分のアイディアを権利化することにそれほど興味がないのだから、原田にしてみれば昔の研究に時間を取られるのは本意ではないだろう。

しかし、それでは弁理士の業務が立ち行かない。ひいては原田のためにもならない。それで元治は言ったのか。原田《あれ》の世話はおまえにしかできないと。

(でもまさか怒鳴って言うことをきかせろって意味でもない気がするんだけどな……)

その時、蛇口から勢いよく吐き出されていた水が止まった。ハッと原田を見たら、皿を持ってこっちに来るところだった。

「悪ぃ、待たせた」

「今日は遅かったな」

「実験が一段落ついたんで、今夜は一緒に飲もうと思ってな」

冷蔵庫に通うのが面倒くさいと、原田は五、六本の缶ビールを持ち出してくる。いかにも男の手料理っぽい、大雑把かつ旨《うま》い料理をつつきながら、ふたりは将孝の十日間の仕事について話の花を咲かせた。

「え～っと、あれは終わったのか？　拒絶…拒絶…」

「拒絶査定不服審判請求。溜まってたのは全部出した。当面はそれの審理待ちだ。どれもたぶん大丈夫だよ」

「でもまた拒絶されることもあるんだろう？」

「そうしたら東京高等裁判所に訴え出る。それでもダメなら最高裁。リベンジの機会はいくらでもあるさ」

「ガイヤじゃ最高裁まで行った経験あるのか？」

「まさか。でも一度は経験してみたいと思ってるんだ」

「おまえ、意外と好戦的だな」

「そう？」

「そうだろ。――ああ、おまえって見た目を裏切る喧嘩《けんか》っ早さだったっけ」

「よせよ。さすがに裁判所で暴れたりしないって」

「分かるもんか。いつもいきなりくるんだもんなぁ」

ふたり声を立てて笑い、ビールも料理もどんどん進んだ。別に毎日原田と何かを話したいわけではないけれど、たまにこうして酒を酌《く》み交わすのは悪くない。ガイヤでは特許部に移ってから技術部門の人間と飲みに行くこともなくなった。一度くらい憧れの鴨田とざっくばらんに話をしてみたかったのに。

（無理だよな。素面《しらふ》の時でさえ会わせてもらえなかったんだから）

「それにしても思ってたより早く目録化が片付いて良かった。これでようやく家に帰れる」

「え、帰る？」

フッと原田が動きを止めたが将孝はそれには気づかず、（うんうん）と上機嫌で肯いた。

「仕事に目処が立ったんで明日はそこの寝床を片付けさせてもらうつもりだ。これからはうちの祖父さんみたいに毎日通いでやるよ。迷惑かけて本当にすまなかった」

「別に迷惑じゃないぜ」

「え？」

「おまえは俺の…いや、お客のために仕事してるんだろ？　それを迷惑がってどうするよ。平井特許事務所が俺のアイディアを金に換えてくれなきゃ、俺は一文無しだ。本当に感謝してる」

「……ああ、そうか。でもそれは違うよ」

「え？」

「うちは趣味と実益を兼ねるのが信条の特許事務所だからさ」

将孝はクスクスと笑った。

「『弁理士は発明家のために労を惜しまない』ってのが、うちの祖父さんの口癖なんだけど、これってお客さんのために汗水垂らして働けっていう意味じゃないんだ」

「――？」

将孝の言い分に、原田は分からないという顔をした。もっともだと思う。それはすごく観念的なものの考え方で、未だに自分も理解し切れたわけではない。でも〝予感〟はするのだ。自分がそこへ近づいている予感。だって今は仕事がこんなに楽しい。

「つまり、労を惜しんでいられないくらい発明家に入れ込める人間が、特に選んで弁理士になれってね。……同じだよ。おまえが思いついた理論を実証することが好きなように、俺らはそれを発明に仕立てることが好きなんだよ。発明家の考える新規技術って、俺にとっては宝石や花のように美しい物体《もの》なんだ」

「美しい物体《もの》？」

「そう。俺はそれを白いキャンバスにまるで写真のように綿密に描き移していくんだけど、出来上がった物は写真より美しく見えるようになっている。なぜなら特に美しいと思える部分を、誰にも気づかれないように強調してるからだ。で、それを相応《ふさわ》しい額縁に入れて、特許公報という美術館で万人に見せびらかしたいんだ」

「――よく分からないんだが」

「いいよ別に。ただ俺が楽しいのだけ分かってくれたら」

「そんな、縁の下の力持ちみたいな役回りで満足なのか？」

「縁の下だろうが舞台の上だろうが、楽しいんだから仕方ないだろ。それにまんざら縁の下でもないさ。特許には弁理士の名前もちゃんと載るんだから」

「そうか。そういえば、俺の特許には全部平井の祖父さんの名前が入ってるな」

「だろ？　近々、平井将孝の名も頼むよ」

「なかったっけ？　あったろう？」

言いながら頭をかく原田に将孝は口を尖《とが》らせた。

「ないよ。まだ俺がこっちにきてから新規の案件やってないだろ。——あ、もしかして俺の弁理士単独デビューは例の育毛剤になるのかな？　あれはその後どうなんだ？」

（うっ）と原田の動きが止まる。

「……ぼちぼちだ」

「いまいちなのか？」

「なんていうか、ほ…方向性が摑めなくってな」

「そうか。——まあ、生えるのも抜けるのも中途半端で、減量剤としても一回の減り分が五十グラム以下じゃ、どう研究を進めるか迷うよなぁ。いっそノウハウで出してみるか？」

それは深く考えない提案だったが、口に出してから（あ、いいかも）と将孝は目を瞬かせた。

ノウハウとは『手法』のことで、これを第三者に使用の許可を与えるものを、『ノウハウ実施許諾契約』という。この契約は、まず第一に新規技術の内容を他人に知られたくない場合に結ぶ。特許になると世間に広く公開されて、誰もが技術の仕組みを知ることができるから、類似特許を出されたり、勝手に使用されて権利侵害が起こる可能性が高くなるのだ。

また第二に、発明者がそのノウハウの利用方法を思いつけない時、手間と金がかかる特許化を避けて、その利用方法を発案できる企業に譲る時に結ぶ場合もある。原田の場合《ケース》はこっちになるわけだが、薬剤の製法をノウハウとして提供し、あとの使い方は買った方に任せようというのである。

元治の資料の中にはノウハウに関する契約書は一通もなかったから、当然原田は知らないシステムだと思い、将孝はノウハウ実施許諾契約の話を始めた。――ところが。

「知ってる？」

「ああ。ノウハウは契約したことがある。っていうか、まだ契約中？」

「どこと？」

「ガイヤと」

「は？」

「ガイヤ電器。おまえの古巣だ」

「……え」

ガイヤ電器と原田が？

将孝の脳裏にガイヤでの四年が走馬灯のようによみがえる。が、ノウハウ契約の管理は天宮が一手に引き受けていたから、将孝はその詳細を全く知らなかった。

「ちなみにノウハウの内容は?」

「発光ダイオードだけど?」

「ダイオード……」

耳慣れた電気関係の単語にドキリとする。原田技研に来るようになってから、将孝はずっと化学式や医薬関係の専門用語ばかりを取り扱ってきていたので、原田の口から電気関係の単語が飛び出したこと自体が意外に思えた。いろいろ多才な男なのは重々承知しているが——。

「おまえ、電気もやるのか?」

「俺はもともと大学で電気にいたんだ」

「え、本当に?」

「ああ」

「そうか、それで発光ダイオードをやってたのか…」

ガイヤで発光ダイオードと言えば鴨田の成果が第一位に上げられるが、他の研究員もたくさん良い研究をしている。そのどれかに原田のアイディアも混ざっていたというのだろうか。

「で、契約したのはいつ頃の話なんだ?」

「大学にいた頃だったから、もう五年以上前。——平井の祖父さんと会う前の話だ」

「五年前。そんな昔からか」

「最初からガイヤは熱心というかしつこいというか、もう最後は嫌々データを渡してた」

「そりゃ、契約期間中は関連データを無償で提供するのが通例だもの仕方な……」

（ん？）

その瞬間、将孝の頭の中でいつかの大きな黒い雨傘がフラッシュバックした。あの雨の日。原田技研に泊まり込みを始めた日だ。

（んん？）

ここの門から出てきた男の背中を、自分はどこかで見たと感じて――。

「杉谷部長……？」

あの時は欠片《かけら》も思い出せなかったその名前を、将孝は半ば無意識に呟いていた。

「へ？」

「なぁ、もしかしてこの前ガイヤの杉谷さんがここへ来てたか？　技術担当部長の」

「え？　あ、ああ来たけど……、おまえあのオッサンを知ってるのか？」

「知ってる。知ってるんだが、――何しに来たんだ？」

「さあ？　なんか足りないデータを取り直してくれとか言ってな」

「足りないデータって、ダイオードのか？」

「まさか。あれはもう完全に終わってる。でもまぁ、パワー半導体も俺としては終わってる研究なんだが」

え？

パタパタパタッと、将孝は三度瞬きをした。

「パ、パワー半導体？」

「ああ」

「杉谷部長の用件がそれの不足データ、だったのか？」

「ああ」

「………」

発光ダイオード。ガイヤの杉谷。パワー半導体。そして不足データの要求。

そこから将孝が連想するキーワードはひとつしかない。

まさか。

将孝はもう一度まじまじと目の前の男を見た。ゆっくり動いた将孝の右手が、ピタリ、とその顔を指差す。

まさかまさか。

「おまえ」

「あ？」

「おまえ、もしかしてガイヤじゃ『鴨田』とか、名乗ってた？」

「そうだけど？」

嘘。

将孝は不躾にも原田を指差したまま、しばらく阿呆《あほう》のように口を開けっぱなしでいた。

「！」

「ほら、これが契約書だ」

原田は書斎の一番奥の本棚から、色の変わった紙ファイルを取り出して将孝に手渡した。慌てて中を見れば、五通の契約書がただ挟《はさ》んであるだけ。その表紙は確かに将孝が見慣れたガイヤ電器の仕様だ。

「どうして鴨田だなんて偽名を？」

「あ～、なんだったかな。ライバル会社に秘密にしたいとか言ってたような気がするけど」

「おまえの存在を？」

「学生だったから青田刈りを警戒してたんじゃないのか？　――俺はガイヤがここを建ててくれるって言ってたから、契約書の名前なんてどうでもよかったし」

「ここって、この研究所のことか？」

「ああ。当面の資金と、実験装置とかも全部ガイヤの提供だぜ」

「マジ？」

「ああ。土地だけはうちの親父のだけどな」

聞かされることは何もかも驚くことばかり。確かに個人が所有するにしては立派すぎる設備だと思ったけれど、企業が個人に提供するにしてもすごすぎる。本当に才能がある人間というのは、弱冠二十歳にして大企業とそんな契約を結んでしまうものなのか。将孝は契約書と原田を何度も見比べた。

「契約書はこれで全部か？」

「ああ」

「貸してもらっていいか？」

「いいけど、なんで？」

「俺、ガイヤじゃ明細書オンリーで、こういう契約に携わったことないんだ。今後の勉強のために契約文を研究したい」

「ふ〜ん。データはいいのか？」

「もしあればそっちもぜひ」

「あるさ。終わった研究でもデータ自体は可愛《かわい》いからな」

原田が取り出すデータファイルを次々と両手一杯に受け取って、将孝はいそいそと下へ降りていく。驚いた原田が慌ててついてくるのにも気がつかず、そのまま一階の事務室に飛び込んだ。そしてまずはサイド机にファイルを積み上げ、契約書ファイルを丁寧に鞄《かばん》に仕舞う。これは元治の意見も聞きたいから、お持ち帰りだ。データファイルも持ち帰りたかったけれど、これは研究者の血と汗と涙の結晶、軽々しく研究所の外には出してはいけない物だ。ガイヤにいた時から鴨田の全データを見たくて仕方なかった将孝は、事務室があって本当に良かったと大喜びでファイルを開いた。

そこに並ぶ数値はまさに感涙ものだった。断片的とはいえ、どれも分かる。覚えている。本物を目にした興奮にページを捲《めく》る指が小さく震え、ひとつひとつに秘めやかに歓声を上げた。あっという間に一冊目を確認し終え、うきうきと二冊目のファイルを手にした将孝だったが、遅れて部屋に入ってきた原田にサッと取り上げられてしまった。

「あ、何すんだよ！」

「おまえなぁ、俺と酒飲んでる最中に仕事に戻るなよ。んなの明日でいいだろう」

「でもっ」

「時間が足りないんだったら、ずっと住み込んどけ。俺は構わないぜ」

「………」

どこから持ってきたのか、原田は小型のロッカーを将孝の机の横に置くと、その中にファイルを乱暴に詰め始めた。確かに原田の言う通りだ。ずいぶん失礼なことをしてしまったと将孝もすぐに反省する。原田が詰め終えるのを待って、将孝は「すまん」と謝った。

「すごく興奮してしまって」

「おまえは契約書やデータを見ると興奮するのか？」

「まさか。それが憧れの鴨田さんのデータかと思ったら興奮したんだよ」

「憧れ？」

「そう、憧れの鴨田さんだ。ガイヤのエース！」

将孝もけっこう酒が入っていたし、ビックリしたのが酔いに拍車をかけて、いつも以上に陽気になっていた。何を躊躇うこともなく、原田をじっと見つめ、歯の浮くような誉《ほ》め言葉がどんどん口をついて出てくる。

「俺も大学で電気だったんだよ。ガイヤでも最初の一年は技術部にいたんだ。それから天宮さんに引き抜かれて特許部に異動になったんだけど、その頃から鴨田さんの研究データは抜群だった。もう見るたびに惚《ほ》れ惚《ぼ》れしてたよ。どうしてこんなデータを取れるんだろうって」

「おい」

「何が楽しいって、鴨田さんの明細書を書く時が一番楽しかった。だってすごく美しいんだもんな、実験の流れが！」

「おい」

「ガイヤ辞める時も鴨田さんのデータを拝めなくなるのだけが心残りだったんだ。明細書になったらデータはどんどん削られるから、そこへ到達するまでの道筋は分からないだろ？　俺、それを見るのが好きで、できれば全部見たいと思ってて、本当に鴨田さんの美しい……」

「おいちょっと止めろよ、恥ずかしい奴《やつ》だな」

「ええ？」

原田にグイグイッと両肩を揺すぶられ、将孝はハッと我に返った。ずっと原田を見ているつもりで、どっか別次元に意識が飛んでいたらしい。だが目の前にある原田の照れた顔に気づいたら、またもや可笑《おか》しくなってしまった。

「恥ずかしいって、本当のことじゃないか。おまえ、照れるような柄じゃないぞ」

あはははははは！

バンバンと原田の肩を叩《たた》き、こうなるとまるっきり酔っ払いの態だが、この時の将孝は酒に酔っているというより、降って湧いた幸運に酩酊《めいてい》していたのだ。もう縁が切れたと思っていた研究者と、なんと十日間も同じ建家で寝泊まりしていたなんて。

将孝はいきなり原田の右手を両手でギュウギュウ握りしめた。そして上下に激しく振る。

「ずっと尊敬してました」

「は？」

「鴨田さん、俺、ずっと鴨田さんの研究手法を尊敬してました。ガイヤの時には明細書を書かせてもらって本当にありがとうございました」

「……おい、止めろって」

「ずっと会いたかった。どんなひとだろうっていつも思ってた。会えて嬉しい。でもそれ以上に、俺は鴨田さんがおまえですごく嬉しい。本当だ」

「へ?」

「会いたかった」

「将孝…」

原田が何とも言えない表情になる。それを見て将孝もにわかに羞恥心《しゅうちしん》が湧いた。

「可笑しいだろ? まさかガイヤの特許部にこんな馬鹿みたいなファンがいるなんて、思ってもみなかったろう?」

「……ああ思わなかった。――別に可笑しかないけど」

そう言うと原田は身を屈《かが》め、さっきロッカーに突っ込んだデータファイルの中から一冊を抜き出した。パラパラとページをめくり、とあるところで将孝に差し出す。なんだろうと思って覗き込んだら、それは特許公報のコピーだった。

「これ?」

「おまえが書いたんだろう? 代理人の所におまえの名がある」

「あ」

それは確かに見覚えのある特許だった。代理人、つまり普通は弁理士の名前を書くところの二番目に将孝の名前も見える。ちなみに一番目は天宮だ。これはたとえ明細書を書いたのが将孝であっても、ガイヤでは天宮が権利化の責任者だということを示しているのである。

「おまえの名刺をもらった時に気がついてたんだ」

「え、俺のことを？」

「ああ。ガイヤにいた弁理士じゃないかなって。俺、字面《じづら》でものを覚えるからさ、『ヒライマサタカ』って音じゃピンと来なかったけど、『平井将孝』って文字見てすぐ思い出した。いったん覚えたものは絶対に忘れないんだ」

「本当に？　そりゃすごいな…」

では実験中に憑《つ》かれたように文字や数字を書き散らしているのは、その独特な頭脳処理システムのせいなのか。

しかし――。

将孝の顔がスウッと赤くなる。憧れていた研究者に字面だけとはいえ名前を覚えてもらっていたとは、なんだか非常に照れくさかった。昂《たか》ぶった感情もそれで一気に平静まで戻った。

「うるさくしてすまん。……う、上に戻ろうか？」

「ああ」

それで再度の酒盛りが始まった。今度の話のネタはお互いのガイヤ時代だ。もっとも、原田は自分がガイヤに所属していたという意識がないから、結局は将孝の愚痴話がメインになってしまった。

「俺は何度もおまえに会わせてくれって言ったんだよ。ちゃんとした明細書を書きたかったからさ。なのに、杉谷のクソオヤジと来たら、ダメだダメだの一点張り。あいつ、何て言ったと思う？　鴨田くんはちょっと変わってるから、だぞ？」

「ははは、俺が変わってるか」

「きっと鴨田が外部の人間だって知られたくなかったんだ。まあ、あんまり格好良くはないよな。けど、俺が言いふらすわけでなし、仕事だったのに失礼な話だ」

　杉谷の態度は最後までそうだった。この件に関しては天宮も将孝の味方ではなかった。結局それで感情がこじれて、杉谷がみっともなく尻餅《しりもち》をつくはめに……。

（あ、そうだ）

「あのパワー半導体の案件どうするんだ？　この前の杉谷部長の用件、追加データの話は聞いてくれたんだろう？」

「聞いたけど、なんでおまえが気にするんだ」

「俺が要求したデータなんだ。クレオン電工の類似特許との差を出すのにどうしても要るんだ。――で、出してくれたのか？」

「出してない。あれはもう俺としては終わった研究だから」

「そんなこと言わずに出してくれよ。せっかく綺麗な絵なのに台無しだぞ」

「台無しか？」

「台無しだよ。例えばものすごく完成度の高い紫陽花の絵なのに、カタツムリがいなくて興醒《きょうざ》めみたいな感じだ」

「はぁ？」

「同じような紫陽花の絵が何枚も何十枚も審査官の前にあってだな、どれも描かれた花は同じで特に差が分からない。ところがその中の一枚にだけ、葉の上にカタツムリがちょんと乗ってるんだ。それを見た審査官は、『お、これはちょっと他とは美しさが違うぞ』って思うことになるだろう」

「おまえの喩《たと》えは、さっぱり分からん」

「分からなくていいからデータくれよ」

「おまえ、もうガイヤ辞めたんだろう」

「あれの明細書を書かせてくれるんなら嘱託やる。俺、鴨田さんの大ファンだから」

あはははは、と笑ってビールを飲む。原田はもうあまりしゃべらずに将孝の話を聞いていた。

ピッチは将孝の方がよほど早かったが、意外なことに先に潰《つぶ》れたのは原田の方だった。

「おい、大丈夫か？」

「う〜ん」

「ちょっとは足を動かせよ。俺はおまえみたいにボンベ運びで鍛えてないんだから」

その日まで十日間も原田《はらだ》技研に寝泊まりしていた将孝《まさたか》だったが、原田の寝室へ入ったのはこれが初めてだった。テーブルで寝入りかけた原田を無理に引き起こして肩を貸し、ヨロヨロしながら寝室のドアまで辿《たど》り着いたが、部屋の電灯をどこで点《つ》けるのかもわからない。台所からの頼りない灯りを頼りに奥へ進み、右隅のセミダブルのベッドに原田を放り込んだ時には、将孝の息は完全に上がっていた。将孝もまたけっこう飲んでいたからだ。

「…ったく、風邪《かぜ》引くなよ」

ベッドの隅に丸めてあった綿毛布をうつ伏せた身体にかけてやり、ふーふーと荒い息を吐く原田の顔をしばらく覗《のぞ》き込んでから、将孝はそのまま部屋を出ていこうとした。

「将孝」

「ん？　――――なんだ。水欲しいのか？」

「将孝」

「なんだよ」

「将孝」

どうやら呼び寄せたいらしい。将孝は仕方なくベッドサイドに戻って枕元にひざまずいた。

「なんだよ。どうした？」

「俺…」

「ん？」

「俺、誉《ほ》められたことはあったんだが、礼を言われたのは初めてだ」

「え？」

「俺がやってることで誰《だれ》かが礼を言いたくなるほど喜ぶなんて、想像したことなかった」

それは呟《つぶや》くような声だった。将孝は何を言い出したんだろうと考えて、すぐにそれがさっきの自分のはしゃぎっぷりだと気がついた。分かってみれば非常に気恥ずかしい話だが、こんな塔の中でひとりきり、好きなことを好きなように研究している原田にしてみれば、やはり自分のような存在が意外だったのだと思い至る。そのあとの言葉は、酔いの勢いが将孝に言わせた。

「――原田、発明家っていうのはな、いつでも誰かを喜ばせたり楽しませたりビックリさせたりしてるもんなんだ。俺も小さい頃からいろいろ楽しませてもらったよ。レオナルド・ダ・ヴィンチとかエジソンとか、あとはアインシュタインとか。おまえでも名前くらいは知ってるだろ？　学校の図書館で伝記を読むだけでもすごく興奮した。おまえは伝説の発明王みたいに派手なタイプじゃないけど、今まで通りやればいい。俺がちゃんと橋渡ししてやるからさ」

「……橋渡し？」

「世の中との。――おまえの特許が知られ始めたのはここ二年くらいだ。だから技術界には正式に名前が出てないも同然なんだ。これからどんどん特許を出してみろよ、玄人好《くろうとごの》みな原田武《たけ》之《ゆき》のファンがウジャウジャ出てくるぞ」

「そんなのは別にどうでもいい」

「ええ？」

「ありがとうって言ってくれたのが将孝だったから、それが嬉《うれ》しいだけだ」

「そうなのか？　おまえ、欲がないんだな」

「欲？」

言いながら原田はゆっくりと仰向けになった。

「――そんなことないさ」

次の瞬間、将孝はいきなり腕を摑《つか》まれベッドに引きずり込まれていた。

最初に上半身。すぐに下半身も。そして気がついたらベッドの上で原田に馬乗りになられている。あまりにもスムーズであまりにも突然で、何が起こったのか理解するのに時間がかかった。理解しても、意味を図るのにまだ時間がかかる。が、胸を這《は》う大きな手にドキッとした。

「は……原田？」

「確認させてくれ」

「え？」

「薬塗ったとこ」

薬？

「薬？　あ、育毛剤？」

「ああ」

まごまごしている間にシャツを脱がされ、ベルトにも手をかけられた。酔った勢いで下着までずらそうとする原田の手を、将孝は慌てて止めた。

「ちょっ、ちょっと、…で、電気点けないと見えないだろう」

「見えなくていい」

「は？」

「生えてないのは分かってる。皮膚を調べたい。触らせてくれ」

「触る――？」

（って、あの十ヶ所をか!?）

「原田っ」

ちょっと待て、と伸ばした手を逆に強く掴まれた。そのままクルッとうつ伏せに返された時には、まるで狐《きつね》につままれたような気がした。原田の怪力は承知の上だったが、大の男ひとりがこうも簡単に扱われていいのだろうか。強く押しつけられたシーツからは、背後にいる男と同じ匂いがする。

「は、原田」

「動くな」

（！）

ハッとするほど声が近い。将孝は思わず動きを止めた。

原田の手が腕を離れて背中に触れ、肩胛骨《けんこうこつ》と背骨の間を何度も何度も上下に擦《こす》っていく。指と筆の違いはあったが、直に触れられるのは薬を塗られて以来だった。そのこそばゆくいたたまれない感覚に、将孝の眉がキュッと寄る。肌が粟立《あわだ》ち、乳首がみるみる張りつめていく。と、その瞬間、将孝の身体がピクンと震えた。原田の触診の手が背中から脇《わき》へ移動したからだ。

「ど…どうなんだ?」

「——そうだな…」

（そうだな?）

そうだなって?

しかし原田はそれ以上は声を発しない。将孝は自分の息が乱れないよう気をつけるのに必死になった。どうしても最初の時に変な声を上げてしまったのが思い出されて、あんな恥さらしはもう嫌だと堅く目をつぶったが、そんな将孝の決意がいともたやすく揺さぶられるほど原田の指の動きは絶妙だった。

「…っ」

指先の指紋で肌のきめを確かめていくかのごとき繊細さ。時たま爪《つめ》で撫《な》でるようにされると、痛くもないのにそこがチリチリとするのだ。チリチリすると無意識にふっと大きな息が漏れた。

そのチリチリが背中や脇のあちこちに増えていって、将孝はどうにも落ち着かない気分になってくる。何か、触診とは違うものを自分の身体が感じている。

そして、いよいよこれはまずい、と将孝が真剣に思い始めたのは、原田がトランクスの中に指を伸ばしてきた時だった。それまでじっと危うい刺激をやり過ごしてきた将孝は、自分の身体の思いがけない変調に息を呑《の》んだ。この、腰のあたりがじんわりとくる感覚は――まさか。

(嘘《うそ》だろう!?　どうなってんだ、こんな時に!)

薬を塗られた時だって、さすがにここまでではなかったと激しく慌てる。が、もちろん口には出せない。鎮まれ鎮まれと心の中で念じながら、しかしそうしている間にも自分の腰の付け根を触る原田の指の動きにますますその兆候が顕《あら》わになって、将孝は恐れをなした。

だって背中が終わったら。

「…前、向けるぞ」

(!!)

腰に手をかけ前を向かそうとする原田を、咄嗟《とっさ》に止めた。

「待て!」

「将孝?」

「前は…や、止《や》めてくれ」

「なんで?」

「ど、どうせ背中と一緒だろう」

「そんなことはないさ。——全然違う。今さらなんだよ」

言いながら手に力を込めてくるのを、その手首を掴んでさらに強く止めた。どうしても仰向けにだけはなれなかった。薄暗いとはいえ、台所からの灯りは自分の身体を照らし出すには充分な光量だ。トランクス一枚しか身につけていないこの身体の、あまりに情けない窮状を原田に知られたらと思うと、将孝は恥ずかしくて目が回りそうになる。実際、酔いで本当に目が回りかけていた。

「は、原田」

「ほら、手を離して前向けよ」

「嫌だ」

「——嫌? 何が?」

「な…んか嫌なんだ。ほんと、勘弁してくれ」

「………」

しばらくの沈黙の後、腰にかかる原田の手から力が抜けるのを感じて、将孝はホッと息を吐き出した。原田もさすがに今回はあきらめたのだ。そう思って早く身体の昂《たか》ぶりを抑え込まなくてはと顔を上げたその時、また後ろから原田の声が聞こえた。

「じゃあ、うつ伏せのままならいいんだな？」

「え？」

何が、と訊《き》き返す間もなかった。グッと片肘《かたひじ》で腰を押さえつけられたと思ったら、次の瞬間には閉じた股《また》の間に手を突っ込まれていた。

「ひっ」

膝《ひざ》の方からジワジワと上へ、閉じられた場所を押し開くように指先がそこを探っていく。将孝自身、もはやどこに薬を塗られたのか判然としないのに、原田は手探りだけでわかるというのか。でも頼むから、そんな触り方をしないで欲しい。その指の動きではまるで、――まるで。

「…っ」

波状にくる刺激に生理的な反射を堪《こら》え切れず、将孝は腰を動かそうとした。しかし原田の左肘にガッチリと押さえ込まれて好きなようには動かせなかった。焦れば焦るほど、原田の指の動きに集中してしまい、それがますます身体の変調を呼ぶ。隠したい一心で思わず閉じようとした将孝の太腿《ふともも》に、原田の太い五指が食い込んだ。

「なんで閉じるんだ。ちょっとは開けよ」

「あっ」

将孝の太腿を強引にこじ開けて、原田はそこを優しく撫で回した。右と左、どちらもことさらに念入りだ。

は、と将孝の口から息が漏れる。それが合図になったかのように原田の手が引き抜かれ、将孝の腰を押さえ込んでいた左腕が今度は腰をすくい上げた。その流れるような動きに強ばった将孝の身体はついていけない。ようやく下肢の緊張から解放されたと思った次の瞬間には、もう無防備な胸に原田の手が伸びてきていた。

「や…」

将孝は堪《たま》らずに身を捩《よじ》った。だが原田の指は一気に将孝の乳首の際《きわ》まで這い上がってきた。敏感な場所をクルリと擦り上げられ、将孝は反射的に腕を突っ張ってしまう。突っ張れば当然、身は起き上がる。それはそのまま、後ろにいる原田に自分の身体を強く押しつける動きになった。腰を抱く原田の腕に力が込もる。

「将孝」

「あ、あ、そこは」

なぜ原田が自分の名を甘く呼ぶのか。なぜその指先が乳首まで弄《もてあそ》び始めたのか。——強い刺激が邪魔してどうしても考えがそこへ行かない。

酔いが強く将孝の身体に回り始めていた。さっきまでうつ伏せにされていたはずのベッドの上で、いつの間にか横向きに背後から抱かれ、強烈な快感に将孝の喉《のど》が大きく反り返った。腰の下にあった原田の手がそこを離れてトランクスの中に忍び込んでいる。隠そうとしていた昂ぶりに手を添え握り込まれた時、将孝の口から吐息が漏れた。

「は、……あ、…っあ」

これは違う。これは違う。これは違う。――頭の中で誰かが警告している。

どこで違い始めたのか、それを考えようとすること自体間違っている。考えている場合ではないのだ。常軌を逸した原田を今すぐ止めなくてはいけないのだ。

将孝の震える両手が、胸と下肢を這う原田のそれを捉えた。

「は…はら、だ」

「なんだ?」

昂奮《こうふん》がにじむその声は将孝の首を舐《な》めそうな位置からした。それに驚くよりも惑乱され、将孝の視線は宙を泳いだ。

「こ、これ……違う」

「なにが?」

「テ…スト、の」

「違わない」

「でも……あ、あ、…っ」

トランクスの中で原田の手がゆっくりと動き始める。熱くなりかけたものを巧みな動きで慰められれば、将孝も男だ、素直に硬度を増していくしかない。じっとりと全身に汗がにじみ始め、呼吸が乱れるままに激しく胸を上下させた。その喘《あえ》ぐ胸の上で原田が執拗《しつよう》に将孝の左の乳首を嬲《なぶ》った。

「…っあ、…っあ、…っ」

下肢で蠢《うごめ》く原田の手が湿った音を立て始める。限界まで膨れあがった将孝をそのまま追い込もうとして何度も強く擦り立て、その度に太い中指の腹が硬直の裏側を根元から先端へやわやわと撫で上げた。それに将孝の腰が強く反応し、最後、潤む先端に親指をきつく突き立てられた瞬間——。

「つっ…」

将孝は大きく身体を震わせて精を吐き出した。

はぁはぁと上半身を揺らしながら、シーツに顔を埋《うず》めて恥ずかしさに唇を噛《か》む。他人の手で、それも上と下を同時に攻められては、経験の浅い将孝には抗《あらが》いようもなかった。だが、その経験の浅さこそ、男同士では優劣を決めるひとつの判断材料ともなるのだ。あっけない自分の陥落は、行為の不可解さに対する怒りよりも己の腑甲斐《ふがい》なさへの羞恥《しゅうち》を呼んで、将孝をいたたまれない思いにした。しかも原田の手はまだ将孝の下肢にあって、吐精で萎《な》えかけたそこをなおも弄《いじ》り続けているのだ。

クッと将孝の眉が寄る。このまま好きにさせてなるものかと思う。原田の両手に縋《すが》りついていた将孝の手がするりとそこを離れ、まず右手で後ろにいる男の腰を強く摑んだ。それに原田がハッとするのを感じて、ようやく少しだけ気が良くなった。将孝はそのまま手をずらし、大

胆にもいきなり原田の股間《こかん》をまさぐった。

「…っ」

原田が息を詰める気配がする。手の下にあるものがすでに硬くなっているのに半ば驚きながらも、将孝は汗にまみれた顔でフッと笑った。

(なんだ、こいつだって昂奮してたんだ)

自分だけじゃなかったと思えば、羞恥心もずっと薄まる気がした。男に達《い》かされた自分も恥ずかしいが、男を達かそうとして熱くなっている原田だって充分に恥ずかしい。将孝はさんざんズボンの上から原田を刺激し続けると、満を持したタイミングでファスナーに指をかけた。後ろ向きではうまく下ろせず、何度か引っかかりながらもついに最後まで開け放つ。そこから手を突っ込んでトランクスをかいくぐり、将孝は躊躇《ちゅうちょ》なく原田の熱い硬直を握りしめた。

後ろで原田の身体が大きく動く。そして未だ将孝のものを捉えていた原田の手が、じんわりとそれを握り込んだ。ふたりの手は、ほとんど同時に動き出した。

「は、……っ、ん、……っ」

部屋の中には互いの苦しい息遣いしか聞こえない。何かに憑《つ》かれたように熱心に、そしてひと言の言葉も交わさないまま、将孝と原田はお互いの身体を嬲り続けた。原田の残された手が将孝の胸を這い、将孝は後ろ手に原田の頭を抱き、同じ動きで胸を上下させながら呼吸して、近づいてくる際《きわ》を感じている。

「あ、……あ、あ、あ」

先に身体を強ばらせたのは将孝の方だった。無意識の緊張に手の中の原田を強く強く握りしめ、それが原田の解放も呼んだ。

「うっ」と耳元で息を詰める気配がして、将孝の手が温《ぬる》く汚れる。気持ち悪いとは毛ほども思わない。将孝はその温みを原田の逞《たくま》しい腹筋に全部なすりつけ、ふうっと満足げに息を吐いた。

原田が同じように手の汚れを自分の腹に塗りつけたので、それにはちょっと眉をしかめたけれど、それで何を言おうとも思わなかった。

原田に浅く抱かれたまま、将孝はゆっくりと目を閉じる。不思議なくらい身体が軽くて、気持ちがふわふわと浮き上がるような感じだった。酔っていて、気持ちが良くて、それ以上起きているのがもったいないなかった。

すうっと意識が暗くなっていく途中、後ろで原田が何か囁《ささや》く。けれど夢うつつの将孝にはその言葉の意味が判然としない。二度三度と囁き訊かれて、分からないなりに肯《うなず》いて、将孝は深い眠りに落ちていった。もう、何も聞こえなかった。

「…ん」

差し込む陽光の眩《まぶ》しさに将孝が目を開くと、そこには見たこともない部屋が広がっていた。

(――?)

しばらくぼんやりと部屋のつくりを眺めて、そこが見たことのない部屋ではなく、自分が見たことのない方向から部屋を見ているのだと気がついた。――つまりは原田の寝室だ。

(え?)

どうしてここに? と思ったとたん、昨夜何があったかを思い出す。将孝はハッとして後ろを向いた。そこには原田がまだ眠っていた。当たり前だ。これは原田のベッドなんだから。

その気持ち良さそうな寝顔に、将孝は自分の顔がどんどん赤くなっていくのが分かる。自分もさっきまで同じような顔をして眠っていた気がする。安らかな眠りを誘うような行為を、昨夜自分は原田とやってしまった。

(～～～っ)

朝の健全な光の中で、将孝はゆでダコのごとく頭から湯気を立てた。そして己の軽率な行為を恥じた。呪《のろ》った。心の底から後悔した。酒に呑まれていたとはいえ、いったいどこからあんなことになってしまったのか。今さら思い出しても無駄なことを一生懸命考えていたら、ふいに原田が目を覚ます。そして（う〜ん）と伸びをして、固まってしまった将孝と目を合わせた。

「よお、良く寝られたか？」

「へ？　あ、ああ」

「ふ〜ん」

にじむような笑顔を見せる原田に、将孝は心臓が止まりそうだ。どうしていいか分からない。ベッドに並んで横になりながら、自分が同じように原田に笑い返せば、それはとんでもないことになるような気がする。

「おまえ、なに赤い顔してんだ？」

「え？」

「熱、あるんじゃないのか」

スッと伸びてきた大きな手が自分の額に触れる前に、将孝はその手首を思わず摑んだ。驚いたような視線が交錯し、将孝はますます顔を赤くする。その様子で、原田にも事情が分かったらしい。何ともいえない照れくさそうな顔をすると、今度は自分の顔を寄せてきた。

「好きだ」

「……え？」

「俺はおまえがすごく好きなんだって、今分かった」

「は……原田？」

「このままここにいればいいのに」

「……俺は男だぞ」

「ああ、俺は別に構わない」

なんだって？

そう訊こうとして唇を塞《ふさ》がれる。原田に深くキスされているんだと気がついたのは、しばらくあとのことだった。


三十分後、将孝は呆然《ぼうぜん》とした表情で鶯谷《うぐいすだに》の駅にいた。どうやって原田技研を出てきたかは覚えていない。服もちゃんと着て、鞄《かばん》もしっかり抱いていたから、ただ何もせずに逃げ出してきたのではないのは確かなのだが、原田にキスされてから駅までの記憶がなかった。

いや、ただひとつだけ。原田技研を出がけに原田に声をかけられたのは覚えていた。

「明日も来るよな?」と。

笑顔の原田に表情を強ばらせ、返事もできず自分はその場を駆け出した。

神田北乗物町《かんだきたのりものちょう》へ帰るための電車を待つ将孝の前で、反対側のホームに電車が滑り込んでくる。そこから降り立った人の流れの中に、将孝は知り合いの姿を見つけた。ハッとしてその足取りを目で追い、自分の待つホームに入ってきた電車に視界を遮《さえぎ》られる。

（杉谷《すぎたに》部長…）

そう、ガイヤ電器の杉谷だった。

「………」

もしや原田のところへ行ったのではと思ったが、どうしてもそれ以上足が動かず、将孝は目の前の電車に乗ってしまった。

周りの静寂にふと気がついたらもうすっかり日が暮れていて、暗くなった事務所の中で将孝はノートパソコンをパタンと閉じる。ＰＣはもともと個人で使っていたのを事務所用に持ち込んだものだ。それを使って、ここ三、四日は原田のこれまでの案件を整理し直し、再び期日が迫ってきた審査請求の準備をしていた。が、実際はほとんど働けていなかった。仕事がどうにも手につかないのだ。

思いがけず原田に告白されて、将孝は激しく動揺していた。あれ以来一週間、原田技研には行っていない。男同士の恋愛が世に存在すること自体を知らないわけではないけれど、まさかそれが自分と原田の間に起こるとは考えたこともなかった。いや、気持ち的には原田の一方通行なのだ。もともとその気のない自分には、あの男の求めに応えようがない。

『俺はおまえがすごく好きなんだって、今分かった』

ひとつベッドの中で囁かれた言葉が、未だに強く胸を抉《えぐ》る。稀代の発明家と駆け出し弁理士。ふたりの関係はそれで何の問題もなく上手《うま》くいっていたのに。

（なんでそんなこと言うんだよ。何もかも台無しじゃないか）

そう、台無しなのだ。あの時の笑顔さえなければ。あの時の告白さえなければ。酔って互いの身体を探り合ったことも口づけも、すべて酒の上の冗談ですますことができた。

自分が悪かったんだろうか？　──幾度となく将孝はそう考えた。確かに自分は原田の仕事ぶりに夢中だ。あの男が生み出すものをそっくりそのまま形にしたくて、寝る時間も惜しいくらいだ。あの夜、原田がガイヤの鴨田《かもた》だと知ってその気持ちに拍車がかかった。自分でも恥ずかしいほどのあからさまな好意が、原田に何か誤解させたのだろうか。

（でも知らなかったんだ）

原田が同性を恋愛の対象にする人間だなんて。

「まあちゃん」

（！）

我知らず頭を抱え込んでいた将孝は、曽祢子《そねこ》の呼びかけにギクリと頭を上げた。事務所の片隅の座敷部屋から顔を覗かせた小柄な祖母が、小さい手で（おいでおいで）している。

「そろそろご飯をお食べなさい」

「………」

「まあちゃん？」

「今…行きます」

元治《げんじ》と曽祢子は朝昼晩と、一日三食を全部事務所ですませていた。将孝が座敷に入ると、卓《ちゃ》袱台《ぶだい》の上に色とりどりの総菜が並んでいる。味の濃そうなハンバーグは、曽祢子が孫用にと買ってきたのだろう。

「まあちゃん、これ食べたら私たちは帰るわね。戸締まりお願いね」

「はい」

祖母から味噌汁《みそしる》を受け取って、将孝も夕食を食べ始めた。一足早く食べ終えていた元治が、夕刊を斜め読みしながら茶をすすっている。パラリと新聞を捲《めく》って、「原田くんとこはどんな感じだ？」となにげなく訊いてくるのに、一瞬だけ将孝の箸《はし》が止まった。

「……今ある資料については、目録はほぼ作り終えました」

「そうか。たくさんあったから手間ぁかかったろう」

「ええ。でも、パソコンでデータ化してしまえばあとが楽ですから」

「だろうなぁ。俺も覚えなきゃなんねぇかな」

横で曽祢子がプッと吹き出す。

「まあ、止めてくださいよう、未だに電卓を人差し指一本で使ってるひとが。ぱそこんって電卓よりボタンが多いんですよ」

「うるせぇな、ぱそこんの時は両手の人差し指を使わぁな。——な、そのうち暇ぁ見て教えてくれよ将孝」

「じゃあ、私も一緒にお願い。どうせ元治さん、覚えられないしね」

「なんだとぅ？」

減らず口を応酬しながらも、いたって仲の良い祖父母の食事風景を見ていると、なぜだか原田技研の最上階を思い出す。無機質な塔の中で唯一人間らしい空間では、原田は普通に面白い男だった。食事中には花の話をし、スポーツの好き嫌いの話をし、時折フッと思索に耽《ふけ》ることはあったが、ずいぶんと他愛もない話で笑ったりした。

汲《く》めども尽きぬ才能の持ち主というのは、四六時中難しい顔をして考え込んでいるものだと思い込んでいた将孝は、原田の表情の豊かさに感動さえしたのだ。実は感受性の豊かな人間こそ誰よりも創造性に優れているかもしれないと気がついたのは、つい最近のことだった。

「おお、そう言えば将孝よ。おめぇ、原田くんの発光ダイオードの研究を知ってるか？　学生の頃にやってたやつだ」

（！）

再び将孝の箸が止まった。

「発光ダイオード、ですか？」

「おおよ。俺ぁ電気は門外漢なんで、さっぱり見てやれなかったんだが、おめぇガイヤじゃ同じようなこと扱ってたんだろう？　今の仕事に目処《めど》が立ったら原田くんに詳細を訊いてみてくれねぇか。どっかの大会社とノウハウ契約を結んでるらしいんだが、その契約内容ってのが気になるんだ」

「どうしてですか？」

「企業ってのは素人《しろうと》相手だととんでもねぇ契約させたりするんだよ。わけわかんねぇ専門用語並べ立てて、すました顔して煙に巻いちまうんだ。ほら、一読したら『AはBである』と読めるのに、よくよく読むと『AはBかもしれない』だったりすることがあんだろう？　今までの客の中にも何人か被害者がいてな、原田くんもあの大雑把さだから俺ぁ心配でよ」

「………」

そういえば。

将孝は原田とガイヤとの間で交わされたノウハウ実施許諾契約書を鞄の中に入れたままだったのを思い出した。自分自身がガイヤの特許部門に働いていたこともあって、はなからその内容を疑いもしていなかったし、何より原田とのペッティングの衝撃が大きすぎて借りて帰ったこと自体を失念して、まだ一行も読んでいなかった。今、冷静になって考えてみれば、原田をわざわざ鴨田という偽名で扱うなど、傍目《はため》には意味不明なシステムではないか。

(偽名については契約書にちゃんと記されているんだろうか?)

ことはノウハウ、つまりは金銭に関わる問題だ。当然、偽名を使うことの意味もしっかりと説明されているはずだが――。

フッと不安が胸をよぎった。将孝は残りの夕食を大急ぎでかき込むと、早々に席を立った。

「分かりました。原田さんに聞いて調べてみます」

「おお、頼まぁ」

何も知らない祖父母の手前、預かった契約書を広げるのはふたりが帰ってからになる。雑用を片付けながらそれを待っている間も、将孝はやはり原田のことを考えていた。例えば、次に自分があの男に会った時、何事もなかったかのように仕事に没頭してみせたらどうだろうか？

この何日かを音信不通で過ごしたことから、原田にはきっと自分の拒絶の意志が伝わっているはずだ。それを見越して、最大限ビジネスライクに、最低限フレンドリーに接すれば、初めはギクシャクしていてもいずれ元通りになるのではないだろうか。

戻って欲しい。自分の気持ちを察して欲しい。

(原田…、俺はこれからもおまえの弁理士でありたいんだ)

頼むからこの喜びを奪わないでくれ。

将孝は頭を垂れ、そっと唇を手の甲で押さえた。ここが覚えている原田の生々しい感情を、——拭《ぬぐ》っても拭ってもよみがえってきて、自分を惑わそうとする熱を今すぐ消し去ることができればと願う。

「じゃあ、まあちゃん、あとはお願いね」

「はい。——おやすみなさい」

将孝がようやく鞄を開けたのは、夜九時を過ぎた頃だった。

＊＊＊＊＊

『はい、天宮《あまみや》です』

旧職場のダイヤルインナンバーはまだ指が覚えていて、そして元上司の天宮はきっちり三コール目で出た。今日は祝日。つまり会社は休日のはずだが、ガイヤは緊急性のない特許を毎月二十日に一斉に出願する習慣がある。明日がその二十日だから、特許部の管理職である天宮は明細書の最終チェックのために出社しているはずという将孝の予想が当たった。

「もしもし、平井《ひらい》ですが」

『──え、平井くん？　平井将孝くん？　ああ、どうしたんだ、もうそろそろこっちから連絡しようと思ってたんだよ』

「課長、先日は霞ケ関《かすみがせき》でお世話になりました。今、お時間いいですか？」

『もちろんいいとも。今日は私ひとりだから気兼ねはいらないよ。君の方から連絡くれるとは、ついにガイヤ《うち》に戻ってくれる気になったのかな？』

冗談半分、期待半分の天宮の声が、なぜだか空々しく聞こえてくる。天宮が自分の復帰を望んでいることは真実なのだろうが、それも便利に使える駒くらいにしか考えていないのだろう。

将孝はスッと深く息を吸い込んだ。

「すみません、今日は鴨田さんとのノウハウ実施許諾契約の件でご連絡しました」

『え、鴨田さん？』

「課長には原田武之さん、と言い換えた方が分かりやすいでしょうか」

『……ああ、あれか』

原田の名前に少しは驚くかと思ったが、天宮は意外なほど落ち着いた声で返事をした。

『君の谷中《やなか》の仕事ってのは、やっぱり原田技研だったんだね』

「ご存知だったんですか」

『うん。直接行ったことはないけれど』

穏やかな天宮の声音が、かえってじわじわと将孝を緊張させる。できれば天宮には驚き慌てて欲しかったけれど、元上司はそれほど甘い相手ではなかったようだ。将孝は横に置いた契約書にチラリと目をやってから、それを読み終えた時の悔しい気持ちを思い出し、無意識に眉を寄せた。


一昨日の夜、将孝がまず最初に確認したのは契約書の数だった。全部で五通、すべてがダイオード関係であることに（あれ？）となる。原田はこれで全部だと言ったが、それではパワー半導体に関してはまだ契約書の形にしていないのだろうか？

（まさかな）

あれだって鴨田名義の研究だ。原田がメインでやっているのだから。

気を取り直して、一番古い契約書に手を伸ばした。まず表紙、それから目次を確認し、その様式に不備がないのを素早く確認する。全部で十九条にわたる様々な項目も理路整然と並べられ、対価についての項目では、原田に支払われるべき物として『専属研究所の建設』という表現がちゃんと見える。将孝はガイヤで明細書オンリーの仕事をしていたが、契約書に関する講習をひと通り受けていたせいか内容把握については特に困ることもなく、目の前の契約書が定義通りの作り方をされているのはすぐ理解できた。

——しかし。

（やはり偽名表記に関する記述はないな）

そこが妙だ。学生である原田の存在を他社に知られないよう社内にも隠しておきたかったという説明はなんとなく分かるが、この手の契約書がガイヤにおいて社内に広々と回覧されることはまずあり得ない。わざわざ偽名まで使う必要があったのかどうか、それさえも疑わしいのに、契約書の中には偽名に関していっさいの言及がないのだ。これでは『鴨田』イコール『原田』なのだと、どこにも保証されていないことになる。

それからもうひとつ、契約有効期間が三十年というのも気になった。どんなに素晴らしい新規技術にしたって、十年も経てば必ず時代遅れになるのが常だ。それを三十年だなどと、まるで賞味期限一年の缶詰を三年間食べずに保管しろというような契約は、どう考えても有名無実、何の意味も価値もない。ガイヤがたったひとつのノウハウでこれほど長く原田を拘束しようとした理由《わけ》はどこにあるのか。

「………」

嫌な予感がした。将孝は残り四通の契約書に視線を投げた。そして、それを読み終えた時、ガイヤが原田に対して何をやっていたのか知ることになったのである。

「原田さんとガイヤが契約を結ぶに至った経緯は、だいたい原田さん本人から聞いています。五通のノウハウ契約書もすべて拝見しました。――どれもこれも、ずいぶんとガイヤにとって都合がいい内容で、正直驚いているんですが」

『んん？　内容はともあれ、あの契約書は原田くん自身が承諾したものだからね。署名捺印もあって、法律上は何の問題もないだろう』

「そうでしょうか？　まず最初にお伺いしますが、承諾ってどんな承諾の取り方をしたんですか？　契約文は一部非常に曖昧《あいまい》な文章で、意図的な誤字脱字も目立ちます」

『平井くん、契約書の誤字脱字に関しては謝罪するが、意図的というのは聞き捨てならないな』

「誤魔化さないでください」

いけしゃあしゃあとした天宮の声音に、将孝の眉がムッと寄った。

「あれがガイヤの元々の書式でないことはわかっています。うちは祖父が弁理士を半世紀ほどやってますから、伝手《つて》を頼ればガイヤの契約書式も手に入るんですよ。原田さんのものと比べてみましたが、項目の並びだけが同じで、内容はずいぶん違ってました。つまりあの契約書は課長の一からの作文で、誤字も脱字も承知の上と言うことになりますよね？」

『承知の上って、君は何を馬鹿なこと言うんだい』

「課長、あなたの作文があんなにお粗末なわけないじゃありませんか。お忘れかもしれませんが、私は課長の下に丸四年もいたんですよ」

『………』

天宮もムッとしたようだが、話し合いが険悪になるのは予想されたことだからいっこうに構わない。将孝は手元のレポート用紙に素早く目を走らせた。

「契約書の内容で訂正をお願いしたい点が多々あります。まず、原田技研の研究施設ですが、あれを原田さんに譲渡してください。もし不可能なら、永年使用権でも構いません」

『そんなことしなくても、あれは彼の研究所だよ』

「土地は原田さんのご両親のものですが、建家《たてや》の直接の所有者はガイヤですよね。登記もちゃんと調べました。もしそちらの気が変われば、原田さんがあそこを追い出される可能性があるってことです」

『そんなことはしないさ』

「ならいいんですけど、会社が業績不振に陥った時、まず最初に切られるのがこういった極秘の取引案件でしょう？　もともと内緒なので、世間に知られずにやれますものね」

『……』

「それからもう一点、契約有効期間は最長三年。望ましくは一年に変更をお願いします」

『そんなもの、別に何年だっていいだろう』

「いいわけないでしょう。ガイヤはまだ原田さんをただ働きさせるつもりなんですか」

『ただ働きって、うちの会社は対価をきちんと支払っているよ』

「払ってませんよ。――あ、もしかして課長がおっしゃってるのは、この、新規案件を周辺特許だと偽っている分でしょうか？」

『――!?　な、なにを君はっ。……妙な言いがかりは止めてくれたまえ』

一瞬だけ天宮の声が変わった。痛いところを突いたのだと、将孝はそれで確信する。

周辺特許というのは、何か基本となる特許を出願した時、その権利を確実なものにするため、基本特許ではカバーしきれなかった技術の〝穴〟を埋めようとして出願されるものをいう。これは競合他社《コンペジター》が多い企業の特許戦略としては欠かせない手法であり、ひとつの基本特許に十も二十も周辺特許がついている場合さえあるのだ。

そして、ガイヤが原田と結んでいたノウハウ契約五件のうち、四件までもがこの周辺特許として扱われた案件だった。周辺特許の価値は基本特許よりも当然落ちるから、対価も比べ物にならないほど低い場合が多い。原田に支払われていた金額もご多分に漏れず少なかったが、将孝はそこにガイヤの悪意を見つけ出した。

なぜなら、原田のアイディアはどれも基本特許に値するものだったからである。ガイヤは本来新規と評価されるべき技術を関連技術だと原田に偽り、契約期間内の提供義務を振りかざして、信じられないほど安価に原田からデータを手に入れていたのだった。

一昨日、五通の契約書を読み終えた時、将孝は言いようのない怒りに駆られた。大企業が一個人の権利をこれほどはっきりと侵害しているのを見たのは初めてだった。その思いはもちろん今も変わらない。ふーっと大きく息をつくと、将孝は再び話し始めた。

「課長、言いがかりだの何だのおっしゃるのは自由ですが、最初の一件以外は改めて契約し直してもらわなければ困ります。これは関連技術ではなくて新規案件でしょう。——第一、この中のふたつは私が基本特許として明細書を書きましたよね？」

『君の仕事は速くて確実で惚《ほ》れ惚《ぼ》れしていた。いま拝聴した君の持論も、内容の是非は別にしてとても立派なものだ。やはり町の弁理士では惜しいな』

「それはどうもありがとうございます。ともかく、作成し直す契約書は『原田武之』名義にしてください。彼はすでに社会人です。その存在を隠す必要も、その才能をガイヤだけに提供する必要もなくなりました」

『しかし内容はどうあれ契約は契約だ。あとで簡単に変更がきくようでは、署名捺印の意味がない。——平井くん、重要なのはあれを原田くんが承諾して契約したという事実だけだよ』

「たとえ原田さんが承諾していたとしても、内容を十分に伝えていなければ、告知義務違反が生じるはずです」

『そんな君、大袈裟な』

「何が大袈裟なんですか。彼は契約については素人も同然なんですよ。天下のガイヤ電器ともあろう会社が、一個人に対してこのやり方はひどいんじゃないですか?」

『ちょっとちょっと平井くん、君は私を責めてるのか? それともこれは尋問かい?』

天宮の声にはまだ笑いが含まれている。受話器の向こうでニヤついているのかと思うと、将孝は無性に腹が立った。おそらく、天宮はまだ自分を身内扱いしているのだ。

「私は今、原田武之の弁理士として話をしています。彼に関しての契約書の管理も、今後はうちの特許事務所が請け負うことになったんです」

『ああ、そうか。じゃあ、私としてはこれ以上何も話すことはできないな。悪いけど、今後は正式に事業部の事務課を通してくれ』

それはこれ以上なく冷たい声だった。天宮が原田に対して何の負い目も感じていないのがよく分かる。元上司の的確な仕事ぶりを一度でも尊敬した自分がひどく惨《みじ》めだった。

「分かりました。私も元からそのつもりでしたから。――ただ、課長にはお世話になりましたので、先にお話を伺えればと思ったんです。何か私が知り得ない事情があったのかもしれないと。……とても残念です」

『平井くん…』

「突然に失礼しました」

受話器を置こうとした将孝を『ちょっと待ってくれ』と天宮の声が引き止める。一瞬どうしようか迷ったが、将孝は再び受話器に耳を押し当てた。

『平井くん？　まだ聞いてるかい？』

「はい」

『いや、さっきは失礼な物言いをしてすまなかった。君の温情に縋って話をさせてもらうけどね、ガイヤは原田くんが学生の頃から目をつけてたんだよ。君は知っているかどうか分からないが、彼が所属していた研究室の教授は、うちと繋《つな》がりの深いひとだったんだ』

天宮が口にした国内最高学府の教授の名前は、もちろん将孝も知っていた。確かにガイヤの中央研究所に何度も来て、その度に電気関係の理論について有意義な講演をしている。そこの研究室から何人もの学生がガイヤに就職し、今度はガイヤの研究員という身分で恩師の研究室に出向して、会社の人材と資金を間接的に教授の研究活動に提供したりしているのだ。

その複雑怪奇な金と頭脳の循環システムは、日本の技術分野ではさほど珍しいことではない。

ただ、原田までもがそういうしがらみの中にいたとは思わなかった。ノルマとか成果とか、そんなものにはまったく無縁な雰囲気を持った男だからだ。

『ガイヤは当然、原田くんに奨学金を出したよ。彼は学生の頃から新規アイディアの立案については天才的だった。その才能に非常に期待し、大学院を卒業後はいずれはガイヤに来《う》て《ち》くれるものと信じていた。彼もその当時はその気だったと思う。ほんの四、五年前のことだよ。発光ダイオードの研究が完成したのもその頃だ』

「……それがなぜ流れたんですか？」

『理由は単純明快。彼は研究者として致命的な欠陥があったんだ』

「致命的な欠陥？」

『なんて言うか…、信じられないくらい飽きっぽいんだよ。——とにかくすぐ他の分野に目移りして、ひとつの研究が続かないんだ。大学もそれで飛び出した。研究室は電気・電子関係だったのに、急に化学がやりたいと言い出してね』

「………」

『皆して何とか引き止めようとしたんだが、彼はさっぱり聞かないし、苦肉の策があの研究所さ。十分な設備とそれなりに自由な研究環境を保証するから、とりあえずダイオードの研究を続行して欲しいとね。原田くんもそれには応じてくれた。彼だって自分専用の研究施設は欲しいに違いないし、あの契約書はそうして出来たんだよ。多少、内容がガイヤ寄りになっているかもしれないが、彼のような偏《かたよ》った男には願ってもない契約のはずなんだ。残りの四件は……今のまま対価の額を引き上げるということでどうだろう？　私が責任を持って上と折衝するから、それで手を打ってくれないか』

「………」

『平井くん？』

「わかりました」

『え？』

「課長がおっしゃることは、よく分かりました」

『え、本当？　じゃあ、この件はこのまま君の胸に納めてくれるかな？』

「すみません、それはお断りします」

『ええ？　……だって君は今……』

ひどく訝《いぶか》しげな天宮の声だ。将孝は元上司の顔を脳裏に思い描いた。

「私の知る限り、原田さんは致命的欠陥を持った研究者でも偏った男でもありません。彼は確かに幅広い分野に研究の手を伸ばしていますが、どれに対しても必ずそれ相応の決着をつけてから次の研究に移っています。ただ、彼の研究に対する指向が大学や企業に向いていないだけなんです。──いいですか、課長。市井《しせい》にはそんな研究者がたくさんいるんですよ」

『おいおい、止めてくれたまえよ、町の発明家のことなんか。今はそんな低レベルな話をしてるんじゃないだろう』

「！」

流れるようにして出てきた〝低レベル〟という言葉にカチンときた。どうして自分が天宮に憧れつつも、全幅の信頼をおくことができなかったのか、将孝はここにきてようやく理解する。この男は弁理士でありながら、発明をする人間に対してなんの敬意も払っていないのだ。

「そちらこそ熱心な研究者を侮辱するのは止めてください。町の発明家は大学や企業のそれにけっして劣るものではありません。彼らもまた日本の貴重な知的財産です。技術の美しさは研究された環境ではなく、研究へ注いだ情熱で決まるんです」

『ほう。じゃあ君はご近所のスーパーマーケットに並ぶ怪しげなアイディア商品の方が、発光ダイオードの新規技術より美しいっていうのか？』

「開発目的の違う物を比べること自体がナンセンスでしょう！」

将孝は憤然と言い放った。

「今さら詭弁《きべん》は止めてください。ガイヤが原田さんのデータを自社技術として金にしている以上、彼はガイヤからそれ相応の対価を受け取るべきです。だが、対価は金だけじゃありません。原田さんは研究者なんです。その名誉も重んじられるべきです。あなたはもしかして『行く当てのない研究者に情けをかけて研究させてやってる』とでも思ってるのかもしれませんが、それは奢《おご》りもいいところだ。真実はガイヤが膝を折って彼に——あなたの馬鹿にする町の発明家に、どうかデータをくださいとお願いしなければならない立場なんですよ」

『平井くんっ、いくらなんでも口が過ぎるぞ』

天宮の叱責《しっせき》に、刹那《せつな》、将孝の目がスッと細まった。椅子《いす》を蹴って立ち上がり、グッと虚空を睨《にら》みつけ、受話器に向かって思い切り怒鳴りつける。

「口が過ぎてるのはそっちだろうがっ！　他人の成果を我が物顔で扱って、個人の権利を踏みにじって、そういった行為を平気でやれることこそがガイヤの落ちぶれ果てた証拠だ‼」

『なっ…、い、いい加減にしろ！』

「あんたらこそいい加減にしろっ‼　現にパワー半導体の案件だって、足らないデータを原田にもらわなくちゃ、出願が危ないって言って…」

（⁉）

その瞬間、将孝の動きがいきなり止まった。自分自身の言葉にドキリとしたのだ。

目の前の天宮が一週間前に駅で見た杉谷の姿に代わる。いったんはデータの補充を原田に断られた杉谷だが、あの日、おそらくまた頼みに行ったはずだ。原田は再び断ったのだろうか？

それとも……。

「まさか」

『――？　平井くん？』

耳元の天宮の声にギクリとして、将孝は一瞬、視線を下に落とした。が、意を決したように受話器を握り直し、ことさらゆっくりと挑発するような声を作った。

「課長、あのパワー半導体の案件は、結局出願はあきらめられたんでしょう？　所詮《しょせん》、ガイヤの技術陣ではクレオン電工に対して新規性を証明するほどのデータを取れないはずだ」

天宮が（ふん）と鼻で嗤《わら》う。

『おや、君もガイヤをずいぶん見損なってくれたものだね。あれは杉谷部長が頑張ってくれて、明日の出願分にちゃんと入ってるよ』

「！」

（しまった）

将孝は受話器を叩《たた》きつけたい衝動を懸命に堪えた。

杉谷は原田からついに不足分のデータを入手したのだ。――あの時自分が原田技研にいれば……もっと早く原田とガイヤの関係に気がついて不正を糾《ただ》せたはずなのに、それが明日にはみすみす特許出願されてしまう。

（～～～っ）

ギリッと将孝の奥歯が鳴る。

だが、その口をついて出た声は、必要以上に落ち着いた皮肉モードだった。

「――そうですか。じゃあ、原田さんとの契約の件は後日事務課の方へご連絡させていただきます」

『平井くん、今回のことはあまり大袈裟に騒がない方がいいよ。ガイヤはいろんな方面に顔が利く。原田くんはこれからの研究者だ。――君もね』

「……失礼します」

もう何も聞きたくないし言いたくない。とにかくこの電話を、天宮に変に思われないよう終えるのだ。細心の注意を払って受話器を置いた将孝は、次の瞬間、机に広げていた書類を何もかもすべて鞄に押し込んで事務所を飛び出していた。全速力で神田駅に向かう途中、チラッと腕時計を見たら、時刻はすでに午後三時を回っている。

午後三時。

（明日の朝まで十八時間）

明日の朝。明日の朝の九時。――それが特許出願受付開始時刻だ。

インターフォンを何度押しても返事はなかった。庭の中には姿はなく、将孝は原田技研の裏に回った。正面と側面には窓がひとつもないコンクリートの塔も、寺に面した裏側には各階にちゃんと窓があった。その窓をひとつひとつ丹念に検分した将孝は、最上階に人の影を見た。

塔の住人はちゃんといる。

「あいつ…」

憤然と表に戻り、今度はスチールのドアをドンドンガンガンやり始めた。頑丈なドアがビクともしないのをいいことに、蹴りも加えてどつき放題。ご近所が民家だというのもいっさい構わず、あらん限りの大声で怒鳴った。

「原田っ、俺だ、平井だ！　ここを開けろ‼　こら、原田武之っ!!!」

怒った時の将孝の声は硬質にして良く通る。次の怒声を上げることなく、すぐにインターフォンが反応した。

『え、将孝？　将孝なのか？』

「原田っ、おまえぇ、今すぐここを開けろ‼」

『わ、分かった。ちょっと待ってくれ』

まるで四階から飛び降りたかのようなスピードだった。カチャッとドアが小さく開いたのを見たとたん、将孝は隙間《すきま》に手を突っ込んで、力任せに全開する。

「うわっ!?」とドアノブを摑んだ原田が躍り出してくるのを、思い切り襟首をねじ上げた。

「この馬鹿野郎っ、いるんならなんですぐ返事しないんだ!」

自分より大きい原田をブンブンと振り回す。怒った時の将孝は力もすごい。原田はなすがままに目をシロクロさせた。

「や、ガ、ガイヤの人間かと思って」

(!)

「──ガイヤの杉谷が来たのか?」

「あ? ああ、少し前に」

一週間前だ。やはりここへ来たのだ。

「それで?」

「は?」

「それで杉谷のオヤジは何を頼みに来たんだ!?」

「何って……、あいつの用件は決まってるじゃないか」

「パワー半導体の件か?」

「ああ、補充のデータをなんとかしてくれってしつこかった。いよいよ最後には『データを出さないと研究所《ここ》を出て行くことになるぞ』とかなんとか言い出すし」

（あんのクソッタレ！）

どの面下《つら》げてそんな外道《げどう》な脅迫をしやがったんだ。

もとから怒《いか》っている上に火に油を注がれて、ますます怒りのベースラインが跳ね上がる。今すぐガイヤの中央研究所に怒鳴り込みたいのを必死で堪え、将孝は原田を睨みつけた。

「それでおまえ、脅しに屈してデータを取ったのか？」

「取るも何も、あれはもうやる気はない。脅されても無理なものは無理だ」

「じゃあ杉谷はそのまま手ぶらで帰ったのか？」

「いや、せめて今あるデータだけでもくれって言ったから、好きなだけ持ってきゃいいって言ってやった」

「なっ…」

なんだと？

我が耳を疑って、将孝は思わず動きを止める。

「どうしてそんなことをしたんだ……」

「どうしてって、あのデータについてはガイヤに出す契約になってる」

「契約書はどこだ？」

「え？」

「パワー半導体についてのノウハウ実施許諾契約書はファイルにはなかったぞ」

「ええ？　あれ？　でも俺は署名したぞ」

「ないものはないんだ！」

　思い切り怒鳴ってから将孝はハッとした。

「まさか杉谷がこの前持ってきたのか？」

「何を？　契約書？　いや、あいつはそこでデータを漁《あさ》って行っただけだ」

　そこで、と一階の平井特許出張所を指差され、将孝の血の気がサッと引く。次には原田を突き離して部屋へ飛び込んでいた。真っ先に見たのは、電気関係のデータファイルを納めた小さなロッカーだ。まだ整理するも何もなくて、原田が持ち出してきたまま詰め込んでいただけだったけれど、一週間前に見た時と明らかに並び順が違っていた。何冊か取り出して中を見たら、ところどころゴッソリと記録紙が抜き取られている。間違いなく杉谷の仕業だ。

「ひどい」

　いくらなんでも、杉谷ほどの立場の人間がこんななりふり構わないことをするなんて。将孝は次に書棚の前に走った。そこにあるのは化学系の特許資料。祖父の元治の血と汗の結晶だ。

　まさかこれにも？

　将孝が息を詰めるようにして最初のファイルに手を伸ばしたその時だった。

「心配するな、そこには手を付けさせてない」

「！」

反射的に振り返ったら、原田がドアを背に腕を組んでじっとこっちを見ていた。いきなりの将孝の来襲に驚いていた様子も、今はもうかき消えている。

「平井特許事務所の備品にはいっさい触るなと言っておいた。杉谷がこの部屋にいた時は俺がずっと見張ってたから大丈夫だ」

「………」

将孝にとって原田の言葉はひどく意外だった。将孝は原田という人間を、自分の研究の対象には異常なほど熱心な男だが、周りでちょろちょろ働いている弁理士の仕事になんか興味ないタイプだろうと思っていたのだ。

日本の特許制度は先願《せんがん》主義であるため、研究を始めた時点ではなく、どちらが先に出願したかが最終的に特許の優先権を左右する。つまり、研究している間よりも、それを弁理士に渡してからの方がよりデリケートな管理を要求されるのだ。そのため、弁理士には非常に厳格な守秘義務が課せられ、万が一にも情報を漏らしてライバルに先を越されたら、弁理士生命を奪われかねない事態に発展する。この部屋は平井特許事務所の出張所という扱いだ。ここから情報がガイヤへ漏れれば、それは完全に平井特許事務所の落ち度になるのだ。原田はそれを知っていて杉谷の動きを監視してくれたに違いない。

将孝は原田の厚意を素直にありがたいと思った。だが、それよりも胸の痛むことがあって、怒りが急速に萎えていく。

「おまえ、自分のデータが持って行かれるのを黙って見ていたのか」

「ああ」

「こんな、櫛《くし》の歯が欠けたようなデータ集。見ていて悲しくはないのか？　綺麗《きれい》なひとつのまとまりを穴だらけにされたんだぞ。終わった研究でもデータ自体は大切にしてるって、おまえ言ったじゃないか」

「大切にしてるさ」

原田は呟くように言い、ゆっくりとロッカーに近寄った。そこから一冊のデータファイルを取り出してパラパラと捲る。

「だが契約ってそんなもんだろう？　俺が集めた中で欲しい物だけを取っていく約束だ。それを使ってガイヤが権利化する。持ってかれたデータだって別に永久に消えたわけじゃない。測定機器にはちゃんと残っているんだからそれをプリントアウトして補充すれば、すぐにデータ集は元通りだ。だいたい、おまえだって明細書を作る時にはデータの取捨選択をするんだろう」

「するさ。でもそれは発明者と打ち合わせして、納得合意の上でだ。勝手にはしない。——杉谷のクソオヤジはおまえに持っていくデータの相談をしたのか？」

「してない」

将孝は思わず唇を噛みしめた。原田は以前、自分の研究姿勢を『思いついたことをどうやったら立証できるのか、その方法を考えてるだけ』と言ったことがある。それは立証方法を考えている過程が一番楽しいと言ったも同じだ。つまり、原田の実験データには偶然の産物はない。望む結果を得るために、なぜその実験をするに至ったか——、それを理路整然と説明できるところに原田の真の天才性があるのだ。——それなのに。

「原田、俺は悲しい。おまえのデータだけをこんなに食い散らかして、それで綺麗な明細書を完成できると思っている連中に心底腹が立つ。あいつらはおまえの価値に気がついていない」

「俺も最初はガイヤのやり方に驚いたよ。でも、ノウハウ提供とか特許化なんてそんなもんかと思ってた」

「それは絶対に違う」

「だな。平井の爺《じい》さんが明細書を書いてくれるようになって俺もよく分かった。あの爺さんは俺の実験主旨をいつも第一に置いてくれた。——おまえと同じだ」

「祖父《じい》さんのやり方が俺の手本なんだ」

「でもおまえの方が綺麗なことを言う」

「え？」

「技術を美しいものだと言っただろう？　紫陽花《あじさい》も好きだと言った」

「それは…」

気がつけばいつの間にか原田が近くに来ていた。将孝はドキリとして一歩退《ひ》く。さっきは気が立っていたから目に入らなかったが、原田は顔を合わせなかったこの一週間で少し痩《や》せたようだった。それに無精髭《ぶしょうひげ》も生え放題で、どこか荒《すさ》んだ感じがする。

「原田?」

「おまえ……、今日は何しに来たんだ?」

「!」

原田の低い声に押されて下がり、将孝の背は書棚にぶち当たった。追い詰められたことに内心ひどく動揺した。一週間前の、互いに互いの身体を探った記憶がよみがえってきて、将孝はごくりと唾《つば》を呑み込む。

最大限ビジネスライクに、最低限フレンドリーに。原田の気持ちを受け入れることができない以上、以前の関係を取り戻すために自分ができることはそれだけだと思っていたのに、たった今、原田を前にそれをどうやって表現していいのか分からない。

「さっきの様子じゃ、俺に会いに来たってわけじゃなさそうだな」

「……あ…」

原田が将孝の真ん前に立つ。じっと自分を見下ろしてくる男の目に、将孝は言葉を失くした。スッと伸ばされた原田の右手が、将孝の顔の横を通り過ぎて書棚に摑まる。棚が軋《きし》む気配に将孝の鼓動が跳ね上がった。

いつかと同じシチュエーションだ。あの時は風呂場の脱衣所で、原田は壁に自分の体重を書き込もうとしていた。当然、こっちを見てはいなかった。でも今は、まっすぐ自分を見ている。

「原田」

「それとも気持ちの整理がついたから来たのか？」

「き…気持ち？」

「誤魔化すなよ、分かってるくせに」

原田の顔がスッと近づいてくる。その強い視線に何がしたいのかすぐに分かった。

「…っ！」

自分の唇に重なろうとする原田のそれを手のひらで押し返したのは咄嗟だった。腰に腕を回され強く引き寄せられても、顔を背けて抵抗する。原田はなおも意に従わそうと腕を伸ばしたが、将孝は渾身《こんしん》の力でその肩を押し返した。

「原田、待て」

「何しに来た？」

「た……頼みがあって来たんだ」

「頼み？」

フッと原田の動きが止まる。将孝は原田の肩に置いていた手に力を込めた。

「そうだ。頼みだ。頼むから、俺にパワー半導体の明細書を書かせてくれ」

「あ？」

腰を抱かれたまま、将孝の肩は揺れていた。原田のその気が全く失われていなかったというショックが激しい動揺を呼び、そのまま呼吸の乱れに繋がってしまったのだ。将孝の目尻《めじり》にシュッと赤みがさしたが、けっして怒りからではない。寸前で原田の要求を押しとどめることはできたけれど、今の自分の狼狽《ろうばい》がどんなふうに目の前の男に受け取られているのか、そのことまで考えが及ぶ余裕は将孝にはなかった。

「じ、時間がないんだ。明日の朝までにどうしても仕上げたい。そのためにはおまえの協力が絶対に必要なんだ」

「協力？」

「パワー半導体に関して足りないデータを取ってくれ。それでガイヤに勝てる」

「……？　いったい何の話なんだ？　さっぱり分からん」

「――今から説明する」

将孝はなるべく端的に、極力私情を交えないようにガイヤの思惑《おもわく》を原田に説明した。

確かに原田技研の施設・設備は個人専用としては立派だが、原田がそれに見合う以上の貢献をすでにガイヤに対してしていること。なのにガイヤは不正な契約で原田を縛り、未だに自社に有益な研究だけを押しつけようとしていること。発光ダイオードで味を占めたガイヤが、パワー半導体でも同じ手法を取ろうとしていること。――あまりにも利己的な事情ばかりだったので、それを説明する時、元いた会社の腑甲斐なさに将孝は鳩尾《みぞおち》が痛くなった。

「身内の恥を晒《さら》すようなものだ。本当に申し訳ない」

「別に、おまえのせいじゃないだろう」

「そうだけど、天宮というのは尊敬していた上司だったんだ」

「信頼する上司に裏切られてガッカリか。――俺よりおまえの方が堪《こた》えてそうだな」

「え？」

すべてを聞き終えた原田の態度は、意外なほど平淡だった。特にガイヤの不誠実を怒るわけでもなく、黙ってデータ集をロッカーに戻し始める。将孝は訝しい思いでその後ろに立った。

「おまえ、ガイヤのやり方に腹が立たないのか？　いいように騙《だま》されてたんだぞ」

「そうだな、まぁ上手くやるもんだなとは思うが、今さら怒っても仕方ないだろう」

「なに言ってるんだ。反論すればこれまでの不足は必ず取り戻せる」

「契約内容の修正でか？」

「ああ。俺がちゃんと事業部の事務課にかけ合って実行させる。少し時間がかかるかもしれないが、ガイヤだってブランドイメージは大切なはずだ。一個人からアイディアを得ながら正当な対価を支払ってなかったなんて世間に知られたくはないだろう。まずは研究所《けんきゅうじょ》の所有権を完全におまえのものにするから」

原田は（う～ん）と腕を組んだ。

「なら、パワー半導体も契約書の修正でいいんじゃないのか？　おまえが一から明細書を書く理由がどこにあるのか分からない」

「契約は成立していない」

「は?」

「パワー半導体に関するノウハウ実施許諾契約書がここにない以上、契約は正式には履行されてないも同じだ」

「契約書がないっても、俺は署名捺印した覚えがあるぞ」

「でもここにはないぞ。おまえはそれをどうしたんだ?」

「え?」

「もしかして署名捺印した契約書を杉谷は会社に持って帰ったんじゃないのか? 会社の判子をもらってくるとかなんとか言って」

「……あ? そういや、そうだった」

(やっぱり)

契約書は同じ内容のものを二通作る。そのどちらにも契約者双方が署名捺印し、一通ずつ保管するのが決まり事だ。が、パワー半導体に関する契約書を原田は持っていなかった。署名捺印したのに契約書を持っていない理由は唯《ただ》ひとつ、契約がまだ作業途中で完成していないのだ。

単純なはずの作業がどうして滞ってしまったのか。すでに何件もの契約を結んできた杉谷がうっかりしたとは考えにくい。おそらくは契約事に無頓着な原田の性格につけこんで、パワー半導体の技術を完全に自社のアイディアにしてしまいたかったのだろう。そして契約書の管理を天宮が任されている以上、あの男もグルとしか思えない。

杉谷と天宮、ふたりして原田を馬鹿にしているのだ。それを思えば腹の底から怒りが湧いてくる。がしかし、そのガイヤの脇の甘さが起死回生のチャンスを将孝に与えてくれたのだ。原田のアイディアをガイヤに奪われないためには、ここを突くしかない。

「だから、パワー半導体に関しては『原田武之』名義で特許出願する」

「しかし明日にはガイヤが出願するんだろう」

「明日の朝までにこっちも明細書を用意すれば問題はないさ。同じ日に特許願を出してしまえば、先願問題もクリアできる。ただ、明日は休み明けで手続きが集中する可能性があるから、どうしても朝一番に持ち込みたいんだ。オンライン出願は手続きが間に合わなかった」

「しかしいくら同じ日に出しても、内容まで同じ特許が並ぶのは問題だろう。おまえが会社の情報を持ち出したってガイヤから訴えられたらどうするんだ」

「それはない。だってあっちの明細書を書いたのも俺なんだぞ?」

当然の懸念を口にする原田に、将孝はフッと意地の悪い笑顔を浮かべた。

「違う内容に見せかけるのなんて朝飯前だ。むしろ問題なのはクレオン電工の類似特許との差別化だ。ガイヤは持ち帰ったデータで何が何でも差別化をしようとするだろうが、たとえ特許庁の審査官にOKをもらっても、最終的には無効審判請求でクレオンの特許部門に蹴散らされるだろう。今あるデータじゃ厳密な差別化は絶対にできないんだから」

「それで追加のデータが欲しいのか?」

「そうだ。それが紫陽花《あじさい》の絵を完成させる最後の部品《パーツ》、カタツムリなんだ。データの内容は杉谷から聞いたよな? 全部でなくて一部でもいい。とにかく明細書にそれらしい項目を載せておけば、数値はあとから補充する方法もあるんだから」

「……」

「原田、頼む。時間がないんだ」

ひどく焦っている将孝とは対照的に、原田は謎《なぞ》めいた表情でその場に立ち尽くすだけだ。

いったい、どうしたんだろう?

その態度を将孝が訝しく思い始めた時、原田は(ふうっ)とため息をついた。

「悪ぃ、さっきも言ったが、あれはもうやる気がないんだ」

「え?」

最初は何を言われたか分からなかった。すでに気持ちが明細書作成に飛んでいた将孝は、原田の言葉を理解するのにしばらくかかる。

やる気がない?

「やる気が……ない?」

「ああ。確かに面白い研究対象だったけど、パワー半導体は俺の中ではもう終わってるんだ」

「終わって…って、何言ってるんだ、まだ権利化できてないんだぞ!?」

「そうみたいだが、俺の最終目的は権利化じゃないし」

「でも」

「なんて言うか、せっかくバラした機材をまた組み直すのも面倒だろ?」

「……おまえ」

——原田武之は研究者としては致命的に飽きっぽい——。

頭の中に嫌味な天宮の声がこだまする。やはりそうなのかと自分自身の声がして、将孝はすぐにそれを振り払った。

違う。

原田は飽きっぽいのではなく、次々と生まれ出るアイディアが同じ場所に留まるのを許さない人間なのだ。誤解されても仕方ない言い草だが、自分だけはそこをはき違えるな。

(くそっ)

やる気がないと断言されて、萎えるどころか将孝の闘志はますます燃え上がった。だが今度は原田を怒鳴りつけて説教する気はなかった。

「——そんなに面倒なら、俺が機材を組み直してやる」

「は?」

「心配するな、大学は工学部でガイヤじゃ一年間は技術にいたんだ。実験は何階でやってたんだ？　すぐに用意してやるからここで待ってろ！」

「え？　あ、ちょっと！」

憤然として事務室を飛び出したら、原田が慌てて追いかけてきた。後ろであれこれ引き止めようとするのを無視して、将孝は階段を上り始める。特許の権利保全業務では、あと追いデータを発明者に要求するケースは珍しくない。依頼したらぐずる相手だって当然いる。そんな時、祖父であり師匠である平井元治の態度は終始一貫決まっていた。

『発明家のケツをひっぱたいてでも必要なデータを取ってくる』

孫で弟子の自分が後《おく》れを取るわけにはいかないのだ。

何が何でもという決意を胸に二階から三階に上がろうとした将孝は、原田に腕を掴まれた。

「待て、将孝！」

「うるさいな、実験はこの階でやってたのか？」

「違う、三階だ」

「ならもうひとつ上じゃないか」

邪険な態度で自分を振り払おうとする将孝を、原田は強引に二階の奥へ連れ込んだ。右も左も謎の液体が入ったガラス器具ばかり。乱雑な実験台の間でふたりはしばらく睨み合い、先に折れたのは原田の方だった。

「データ、どうしても要るのか？」

「さっきからそう言ってるだろう。手間を取らせて悪いが俺にちゃんとした仕事をさせろ」

「仕事?」

「俺はおまえの弁理士なんだぞ」

「………」

挑むような将孝の声に、原田は一瞬視線を左右にさまよわせた。——が。

「分かった。——実験は全部俺がやるよ。……いや、やってやってやってもいい」

「——? なんだ、そのやってやってもいいってのは?」

「ひとつだけ条件がある」

「条件?」

「そうだ。もうとっくに終わったはずのことを今頃になってまたやらされるんだ。こっちだって条件くらいつけてもいいだろう?」

「む…」

なんなんだ、この偉そうな言い草は——と、ムカつかないこともなかったけれど、補充実験は発案者の原田が全部やるに越したことはない。いくら自分の明細書作成が速いからといって、明日の朝一番で出願するためには今から始めなくては絶対に間に合わないだろう。これはいわゆる発明家と弁理士の駆け引き。攻めるばかりが能ではないと、将孝もいったん矛を収めようとした——が。

「…──させてくれ」

「え？」

「キスさせてくれ」

「……は？」

「だからおまえにキスさせてくれ」

「………」

口の形（なに？）で固まること十数秒。

「ンの、馬っ鹿野郎〜〜〜っ‼」

次の瞬間、将孝は原田の左頬《ひだりほお》に強烈な右ストレートをお見舞いしていた。受ける原田は身構える暇もない。ぐうっ、と低い呻《うめ》き声を上げ、思い切り真後ろへ吹っ飛ばされた。

ガシャン！　と何かが割れる音。それに構わず駆け寄った将孝は、尻餅《しりもち》をついた原田の襟首を鷲摑《わしづか》みに引き上げる。

「な、な、何ふざけたこと言ってやがんだ、この野郎っ‼」

声は粗暴だが顔は首まで真っ赤だ。返す原田はこれまた左頬が真っ赤。

「俺はふざけてなんかいない！」

「ふざけてるじゃないか！　ひ、ひとが真剣におまえの特許の話をしてるのに、キスさせろってのは何なんだよ‼」

「キスの何が悪いんだ。俺は本気だ！」

「なんだとぅ！」

恥ずかしいことを大声で断言され、将孝の怒りはＭＡＸまで跳ね上がった。

「てめぇ、本気でンな馬鹿なこと言ってんのか!?　パワー半導体の実験の条件がキスだなんて、どうかしてるんじゃないのか!!」

「うるさい！　キスが不満ならもっとすごいことだっていいんだぞ!!!」

「!?」

途方もない切り返しに思わず身を引いた将孝を追って、原田がガバッと立ち上がる。こうなると上背があるだけ原田の方に迫力があった。しかも将孝の怒りとはまったく別次元のところでこの男も相当に真剣だったのである。鼻息も荒く将孝を睨みつけ、すごみのある声で将孝に迫った。

「将孝、これだけは言っとくがな。俺にとっちゃパワー半導体の権利化よりおまえとキスする方が大事なんだよ。おまえが好きだって言ったろうが!?」

「な、なに？」

「おまえが頼むって言うからデータの補充も考えてやってるんだ。そうじゃなきゃ、終わった研究なんか何が楽しくてほじくり返したりするもんか。他に検討したいテーマはいくらだってあるんだぞ。だからこの実験は純粋におまえのためだ。それ相応のご褒美をおまえからもらって何が悪い！」

「ええ？」

ご褒美。――これほどこの場にそぐわない単語があるだろうか。最高点まで達していた将孝の怒りが一気に四方へ霧散して、今度はいたたまれないほどの恥ずかしさになり降ってくる。

「な…、なに言って…、ご褒美なんて犬や猫じゃあるまいし。――い、いいか？　おまえのパワー半導体は金儲《かねもう》けの手段だけじゃないんだ。特許化して広く世に公開することで今後あらゆる家電製品に組み込まれる可能性だって出てくるんだぞ。そうすれば地球規模の省エネにも寄与でき…」

「ンなことどうだっていい」

「は？」

「俺は誰かの役に立ちたいと思って研究してるわけじゃない。ただ自分がやりたいからやってるだけだ」

「しかしおまえ…」

「それを世に出したいってんなら、もちろん俺は構わないさ。――ただし、おまえだけだ」

「え？」

「俺の研究を『発明』にしていいのは、平井将孝だけだ。おまえが、俺の、弁理士だからだ」

「！」

その言葉は真っ直ぐに将孝の胸に来た。何か言おうにも息が詰まって声が出ず、思わず動きが止まってしまった将孝を見て、原田はゆっくりと自分の左頬をさする。

「将孝が俺の弁理士だ。もう決めた。おまえが自分の仕事のためだって言うんなら、俺は昔の研究をほじくり返してもいい。言われる通りにデータも取るよ。だから……」

せめてご褒美をくれ、と低く囁いて、原田は将孝の両肩を強く引き寄せようとした。それにわずかな抵抗を見せながら、将孝は一心不乱に考えていた。原田の弁理士でありたいと思っていた自分には、今の言葉は素直に嬉《うれ》しい。しかし——。

(こういうのって、ありなのか?)

自分が原田の類《たぐ》い希《まれ》なる才能に傾倒しているのは確かだ。それを特許という守られた形で世間に知らしめ、原田武之個人の私益にも一般社会の公益にもなればいいと本気で思っている。ところが、その天才はおまえのためにならデータを取ると言い、そのご褒美にキスしてくれと言うのだ。

これでいいのか? こんな発明家と弁理士の駆け引きって、なんか間違ってないか?

『発明家のケツをひっぱたいてでも必要なデータを取ってくる』

『発明家にキスさせてでも必要なデータを取ってくる』

このふたつがイコールで結べるのかどうか、鼻先に原田の顔が迫って来ている切羽詰まった状況ではとても判断できなかった。

（ど、どうするんだ、これ）

原田の腕が肩を抱く。その熱さにドキリとしたら、指でクイッと顎《あご》を反らされた。ずいぶんと慣れた手つきだ。しかし、余裕な態度とは裏腹にひどく緊張した男の目を見たとたん、将孝の腹はいきなり決まった。

近づいてくる原田の額に手のひらを押し当て、思い切り遠くへ突き放す。

「ちょっと待て」

「っ!? な、んだよ今さら」

「本っ当にキスだけだな?」

「ああ?」

「キスだけなんだろうな?」

突き放された格好のまま原田は怪訝《けげん》な顔をしたが、すぐにハッとして（うんうん）と首を振った。

「キスだけだ」

「絶対だな?」

「うん、絶対絶対」

そしていそいそと顔を寄せてくるのを、将孝は再び押し返した。

「じゃあ、あとでだ」

「あと？」

「データを取ったあとでキスする。……と、ととと、当然だろう、ご褒……もとい、成功報酬なんだから。やったはいいが、データが取れませんでした、なんて冗談じゃないぞ」

「……」

　狐につままれたような顔をしている原田の、その腕を自分の肩から振り払い、エヘンと咳払《せきばら》いし、将孝はスタスタと階段のところまで歩いていった。そして下に降りしなにもう一度、原田を振り返って素っ気なく言った。

「時間ないんだ。急げよ」

「！」

　原田が上に駆け上がっていく音を将孝が聞いたのは、一階のフロアに降り立った時だ。自分も平井特許出張所に入ってドアを閉めてひとりになって、それでようやくしみじみと後悔した。パソコンを立ち上げる合間にも、どうしてキスなんか約束したんだと自分を責める言葉が湧いて出る。

　何か他に言い様はなかったのか。ビジネスライクはどこへ行ったんだ。とにかくキスを回避する方法はないのか。あいつのその気はどうやったら萎えるんだ。——五分ほどそんなことを真剣に考えていたが、どうにもこうにも時間がない。

「キスなんて一瞬ですむんだから、一回くらいどうってことないさ」

そうだ。大袈裟にしなければいい。最終的には何度も自分にそう言い聞かせて、将孝はパワー半導体の明細書の作成に取りかかった。

「あれ？」

ふと空腹を感じて腕時計を見たら、いつの間にか夜中の一時を過ぎていた。将孝《まさたか》は椅子《いす》から立ち上がり、う～んと大きく背伸びをする。原田《はらだ》はどうしたろうと三階まで上がったら、巨大なブロック図を広げて考え込んでいた。将孝が階段を上がってきたことにも気づかない集中ぶりは相変わらずで、将孝はそのまま声をかけずに最上階まで上がって行く。が、何か食べ物を漁《あさ》ろうとキッチンに入った時、そこがずいぶん散らかっているのに気がついた。

（……？）

原田は几帳面な綺麗《きれい》好きではなかったけれど、身の回りを汚れっぱなしにする男でもない。どことなく荒《すさ》んだ雰囲気が、今の原田の様子に重なって、将孝はなんともいえない気持ちになった。その荒みの原因の何パーセントかは、自分のせいだろうかと感じたからだ。

レトルトのご飯を電子レンジで加熱している間、将孝は風呂場にある鏡の中を微妙な気持ちで覗《のぞ》き込んだ。たとえ原田が同性を恋愛対象にする人間にせよ、男だったら誰でもいいというわけでもあるまいに、なぜ自分なんかに興味を示したのだろう。特に人目を引くような色男でもなく、これといって格好いいわけでもない。男としてはよほど原田の方が魅力的で、スタイルもいいし、それなりに男前だし、笑うと愛嬌《あいきょう》があるし、天才肌だが花を愛《め》でるような優しいところとか、話をすればけっこう面白いところとか――。

（ん？）

将孝は鏡の中の自分に向かってムッと口をひん曲げた。

「おい、あいつを誉《ほ》めてどうするんだよ」

その時、後ろからチーンとレンジが将孝を呼んだ。将孝はほかほかに温まったレトルトご飯四パックを全部使って、大きめの握り飯を六つ作り、そのうちの三つをその場で食べ、残り三つに冷蔵庫にあった麦茶を添えて下の階に降りていった。

気づかれないように原田の側に置いておくつもりだったが、意外なことに原田は将孝が降りて来るのを待っていた。三階に降り立つなり目が合って、瞬間、ドキリとした。

「すまない。もしかして実験の邪魔をしたか？」

「いや、データが取れたんで、渡そうと待ってた」

「え、もう取れたのか？」

握り飯と麦茶が載った小盆を作業台の上に置くと、将孝は原田のところへ駆け寄った。そこには特別な実験装置が組み上げられているわけではなく、ＯＲＰ計だの電位・電流計だの、近所の中学校にもありそうな実験器具ばかりが並んでいた。少しだけ違うのはパルス測定装置やオシロスコープ、充電用コイル、整流器が見えることくらいだ。そんな実験器具の前に陣取っていた原田は、長さが一メートルほどもあるデータ用紙を将孝に差し出した。

「確認してくれ。全部取れてると思う」

「じゃあ、もう実験は終わったんだな」

「なら、いいんだけどな」

「――？　何か問題があったのか」

「問題というか、酸化膜の信頼性立証に使えそうなデータが取れて…」

「え？」

「いや、いいんだ。これは急ぐ話じゃない。データ、あと追いでも追加できるんだったよな？」

「ああ。国内優先制度というのがあるから、一年以内という条件で追加は可能だ」

「そんなには必要ないさ」

どうやら補充実験の最中に新規実験のネタを思いついたらしい。原田は心ここにあらずの表情でブロック図に何かを書き散らし始めたが、一見して英語だと分かったので、将孝はそれ以上目で追うことはしなかった。そして手元のデータ用紙を見る。ところどころ赤ペンで丸印が付けられているのを確認するまでもなく、欲しいデータは綺麗に揃《そろ》っていた。

と、いうことはつまり――。

（ご褒美か？）

「…っ」

急に将孝の視線が泳いだ。まだ時間があると思っていたから動揺は大きく、気持ちだけが右往左往する。しかし、約束は約束なのだ。

「は…原田」

「ん?」

「き……」

「き?」

「あ、いや、あの、や、夜食を作ってきたんだ。時間があれば腹に入れてくれ。ただの握り飯だけど」

「ああ、サンキュ。いただくよ」

「それじゃあ、俺は下にいるから」

「うん」

何も自ら窮地に立つことはない。相手が忘れているんならこのままそっとしておこう、と階段に行きかけた将孝だったが、結局、一段も降りずに原田のところへ舞い戻ってしまった。たとえ今を逃れても、いずれ原田がキスの約束を思い出すのは必至だ。下の事務所でその時を戦々恐々待っていたら、とてもじゃないが明細書なんて書いていられない。

未だにブロック図に書き込みを続けている原田の後ろに立って、将孝は大きく深呼吸した。

「原田、キスするぞ」

「ん?」

「キスするぞ」

「んん? ——きす?」と気のない返事を返し、原田はしばらく向こうをむいたままだった。

が、いきなり(うわっ)と振り返った。

「今、なんてった⁉」

「キ、キスだ。や、約束で。デ、データ取れた時って」

「……あ」

それからの原田は、(やはり忘れさせたままの方が良かったのか)と思うほどの喜び様。なぜだかブロック図を丁寧に畳み、実験機器をササッと片付け、両手のひらを作業着に擦《こす》りながら椅子から立ち上がった。思わずあとずさりする身体を叱《しか》って、将孝は男らしく仁王立ちだ。

「は、早くすませろよ」

「せっかくのご褒美なのに、そういうわけにはいかないさ」

将孝の両肩に手を置き、ゆっくり顔を近づけようとした原田は、(んん?)と動きを止める。

「おい、目はつぶらないのか?」

「いいだろう、開けてても」

「いつもそうなのか?」

「ああ」

実は嘘《うそ》だ。本当は怖いのだ。今の原田相手に目をつぶるだなんて無防備なまねをすることが、将孝には恐怖に近かったのだ。

「早くやれよ」

「………」

「なんだよ、気に入らないのか？」

「ん〜、そういうわけじゃないけどな」

間近に顔を寄せたまま、原田は将孝の目を興味深げに見つめていた。見返す将孝も目は逸《そ》らさなかった。そのまましばらくふたりでじっとしていたが、ふいに原田の身体が離れた。

「やっぱ、あとでいい」

「え？」

「成功報酬はおまえが明日特許庁から帰って来てからでいいよ。厳密にはそこで仕事が終了するんだから」

「しかし…」

「いいんだ。俺も少しやりたいことがあるし、おまえも明細書を仕上げなきゃいけない身だ。このあとお互いに仕事にならなかったらまずいだろう？」

「そ…」

それはそうだが、ちょっと待て。

「おい、キスってただのキスだよな?」

「え?」

「普通はすぐ終わるもんだよな? 仕事もできるよな?」

「普通はな。——だが今回は俺の好きにやらせてもらう」

「好きにって何だよ。キスはキスだろうが」

「そうそう、キスはキスだから心配するな。ほら、早く下行って明細書を仕上げろよ。特許庁行く前に少しくらい寝といた方がいいぞ」

言いながら邪険に追い払われて、将孝は渋々一階へ降りた。すぐにすむと思っていたことが先送りになるのは釈然としない。しかもあの言い草だ。

「なんだよ、……キスはキスだろ」

互いの唇を合わせる以外に何があるというのだ。いや、あっては困る。

将孝は右の拳でトントントンと額を叩《たた》くと、ざわめく気持ちを仕事モードに切り替えて、原田から受け取ったデータに目を走らせ始めた。

特許庁へ提出する書類がすべて完成したのは明け方の五時だった。二時間くらいは寝られるだろうと最上階へ上がる途中、原田がまだ三階で頑張っているのを将孝は見た。頭ぼさぼさ、髭《ひげ》ぼうぼうの天才は数式で埋め尽くされたブロック図を床に放り出し、今はテスターを使って何か細々としたことをやっている。

小盆に載せていた夜食の皿が空になっているのをどこか嬉《うれ》しく思いながら、将孝はそのまま声をかけずに上がって行った。そして、まだ残されていたダイニングキッチン隅の自分の寝床に潜り込むと、目覚ましをセットしたとたん、睡魔に身を任せてしまった。

そんな将孝が耳障りな電子音で目覚めたのは二時間半後だ。気怠《けだる》げに寝床から這《は》い出してみれば、ダイニングテーブルの上にはきちんと朝食の用意がされていて、慌てて三階に降りたが原田はいなかった。二階も一階も庭にもおらず、息を切らしながら最上階に戻ったら、なんのことはない、原田は寝室でぐーすか寝ていたのだ。どうも寝る前に朝食だけ用意したらしいと気づいて、将孝は（本当にまめな男だな）と声を立てずに笑った。

せっかくの厚意を無にしては申し訳ない。腹が減っては戦はできぬの喩《たと》えもある。将孝は原田が用意した朝食を綺麗さっぱり平らげ、あと片付けもきちんとして顔を洗った。それから一階の出張所で提出書類の最終確認を念入りに行い、満を持して原田技研を出た。

と、出口のところでいきなりインターフォンが将孝を呼んだ。

『おい、将孝！』

「！」

普段、家の中へ呼びかけるのに使われる物が逆の働きをするのは妙な感じだ。将孝は思わずインターフォンに飛びついてしまった。

「原田？」

『ああ。おまえ、もう出るのか？』

「うん。朝ご飯をごちそうさま」

『で、あっちを出るのはいつ頃になるんだ？』

「あっちって、特許庁？　──そうだな、朝イチで出願してから郵便局へ行って、それからもう一度特許庁に戻るから十一時か十一時半か…。窓口の混み様によってはもう少し遅くなるかもしれない。何かあるのか？」

『いや、別に。それより、特許ひとつで何でそんなに時間がかかるんだ。郵便局ってのは何だ？』

「ガイヤの杉谷《すぎたに》にノウハウ実施許諾契約の無効を内容証明郵便で通知して来ようと思ってるんだ。今さら契約書送ってきても遅いぞってな。それから競合他社《コンペジター》の先願特許を閲覧するのと、最後に天宮《あまみや》課長に電話の予定だ」

『天宮っていうと、ガイヤの元上司か』

「ああ。正式に宣戦布告してくるよ」

『――そうか』

「原田、帰ったらふたりで祝杯を挙げよう。これって、初めて一緒に出す特許なんだぜ。発明者、原田武之《たけゆき》。代理人、平井《ひらい》将孝って並んでて俺はちょっと感動した。旨《うま》い酒を飲もう」

そして約束もちゃんと守る。

怖《お》じ気づいて逃げたりしないと言外に匂わせて、将孝は足取りも軽く鶯 谷《うぐいすだに》駅へ向かった。

＊＊＊＊＊

『なんだ、――君か』

電話の相手が将孝だと気づいたとたん、天宮は露骨に嫌そうな声を上げた。

『君はもう、特許部《ここ》へはかけて来ないんじゃなかったのかな』

「ええ、今日が最後になると思います。先ほど特許を一件出願してきましたので、そのご報告だけ」

『特許？　あのね、私は忙しいんだが』

「分かってます。でも知っておいた方が天宮さんのためですよ。ちなみに発明の名称は『パワー半導体モジュール及びその製造方法』です。発明者はもちろん原田武之です」

『なんだって？　君、まさかそれは…』

「お祭しの通り、例の案件です。技術の杉谷部長がいろいろと努力されていたヤツ」

いろいろと、というところに、将孝は精一杯の嫌味を込めた。

「確かガイヤさんも今日が類似特許の出願日でしたよね。こっちはすぐに審査請求をかけますから、いずれ近いうちに無効審判でお手合わせ願うことになろうかと思います」

『平井くん、君は正気なのか？　あれはうちがノウハウ契約を』

と言いかけて、天宮は一瞬言葉を詰まらせた。

（やはり）

故意に契約を成立させていなかったのだ。

「ノウハウ契約？　ノウハウ実施許諾契約のことでしょうか？」

『あ、いや、君の……、そう、君は会社を辞める時に秘密保持契約を結んだはずだ。これは明らかに犯罪だぞ！』

「この件に関して犯罪になるかどうかは、私の書いた明細書をご覧になってからご判断ください。――ああ、でも、杉谷部長が用意したデータを特許に追加されたんだったら、いよいよこっちとは内容が違いますんで訴えようもないですよ。今回のガイヤさんの特許については、私とクレオン電工さんで徹底的に潰《つぶ》させていただくことになると思います」

『……っ』

天宮は反論しなかった。さすがに現状を理解するのは速い。これまでの経緯を全部知っているからこそ、こちらの言い分が口から出任せでないと分かっているのだ。

ならば話は簡単だ。将孝はフッと口の端を上げた。

「天宮さん、なんなら原田さんの特許が公開された時点で、そっちのご相談に応じますよ」

『つまり、ガイヤと特許実施許諾契約を結ぼうと？』

「ええ、条件次第ですがね。まぁ、その時にスムーズな話し合いができるよう、ダイオード関係の契約を早急に見直ししてください。どうか天宮さんからも上の方にお口添えを」

『……………』

もう、返事を待つまでもない。将孝は静かに公衆電話の受話器を降ろそうとして、言い忘れていた肝心な言葉を思い出した。口を開く前に短く深呼吸して——。

「課長、今後いっさい、私の発明家に手を出さないでください」


将孝がすべての予定を終えたのは、朝に予想した通り十二時前だった。帰りにワインでも買って帰ろうかと、腕時計に目をやりながら特許庁の一階ロビーを抜け出た将孝は、そこでいきなりタクシーの運転手から声をかけられた。

「もし、平井さま」

「え?」

「突然に失礼いたします。平井将孝さまでしょうか」

「……そうですが」

ダブルのスーツに白手袋の男はニコニコしながら寄ってくると、訝《いぶか》しむ将孝に小さくお辞儀をした。

「私《わたくし》、大都《だいと》ハイヤーの者でございます。本日は谷中《やなか》の原田武之さまから平井さまのご送迎を承って参りました」

「は?」

「すぐに車を回して参りますので、ここを出たところで少々お待ちくださいませ」

「え? あ、ちょっ、ちょっと!」

車を取りに行きかけた男を慌てて引き止め、将孝は特許庁の玄関口にある巨大なモニュメントの横へ引っ張り込んだ。

「は、原田…さんからの依頼?」

「はい、そうですが」

「私をですか?」

「はい、これを」

と、運転手が差し出したのはＦＡＸ用紙だ。そこには将孝の名前がふりがな付きで大書され、一枚の写真が添えられていた。よくよく見れば自分がパソコンの前で難しい顔をしているワンショット。背景からして原田技研内の平井特許出張所に間違いない。いつの間にこんな写真を撮られていたのか、将孝にはまったく心当たりがなかった。

（何なんだ、いったい⁉）

「では、車を回して参りますので」

「いや、けっこうです」

「え？」

「すみません。谷中には自分で帰りますからこのまま引き取ってください。代金は私がお支払いします。おいくらですか」

「いえ、お代金は前払いで原田さまから頂戴《ちょうだい》いたしておりますから」

「そうですか。じゃあ、これで」

将孝はムッと眉を寄せたままくるりと踵《きびす》を返すと、大股《おおまた》で地下鉄の虎ノ門《とらのもん》駅に向かって歩き始めた。もちろん怒っている。こっそり盗み撮りされていたのも腹が立つが、何より癪《しゃく》に障るのは原田の根性だ。自分はちゃんと帰ると言ってきたのに、護送車よろしくタクシーを寄こすとは何事だろう。逃げると思ったのか。それほどこっちが信用できないのか。

（覚えてろよ、あの野郎！）

「平井さま！　ちょ、ちょっとお待ちください」

ひどく慌てた声にハッと振り向けば、さっきの運転手が追いかけてくるところだった。蒸し暑い中を長袖《ながそで》の制服姿で走ったものだから、一気に汗が噴き出している。

「す、すみません。平井さまはこれから谷中にお戻りになられるんですか？」

「…そうですが？」

「あの、私どもが原田さまから承った行き先は、谷中ではございませんけれども」

「は？」

「申し訳ございません。原田さまより平井さまへ、外で待ち合わせをしたいから特許庁から直接そこへ回って欲しいとのご伝言がございました。どうかお車の方へお願いします」

（何なんだ、いったい!?）

乗せられてみれば、それは黄色いタクシーではなく黒塗りのハイヤーだった。ふかふかしたシートに居心地悪く身を預け、将孝は動き出した窓の外を見た。車は自分が行くはずだった地下鉄の駅の方へ向かい、虎ノ門の交差点を右折して国道一号線に入る。原田技研がある谷中とは逆方向だな——と考えながら、将孝はなんの気なしに運転手に訊《き》いた。

「行き先はどこですか？」

「はい。ホテルオークラ東京でございます」

「え？　ホテルオークラってここのすぐ近くですよね？」

「はい、もう間もなく。この信号を右折しましたら」

「ちょっと待ってください。本当に特許庁からオークラに行くだけなんですか？　歩いたって十分かかりませんよ？」

「申し訳ございません。私どもはお客さまのご希望通りに車でお連れするのが仕事でございますから」

困ったような返事にすべてが凝縮されていた。おそらく妙な客だと思っているに違いない。

よくよく考えてみれば原田も自分も携帯電話を持っていないから、どちらか片方が外出中に予定が変わると、その時の連絡に困るのだ。原田としては特許庁に連絡をして呼び出してもらうより、誰かを玄関口で待たせた方が確実だと思ったに違いないが、どうしてそれが高級ハイヤーになるのか。だいたい、オークラで待ち合わせするくらいなら、原田が特許庁まで来ればすむ話だろう。運転手を伝言板代わりに長時間待機させた挙げ句、そのあとでほんの数分だけ車を走らせるなんてどうかしている。

将孝はもうそれ以上は運転手を困らせずに、素直にオークラまで連れて行かれた。格式高く広々としたエントランスでハイヤーを降り、たくさんのドアマンやベルボーイに迎えられながらも憤然とロビーに突き進む。とにかく、ひと言説教せずにはおられない気持ちで髭面《ひげづら》の大馬鹿野郎をロビーの中に探したが、それらしい姿はすぐには見つけられなかった。

（――？）

将孝は手近なソファに腰かけると、露骨にはならない態度で周囲を見回す。さすがに日本が誇る一流ホテルだけあって、ロビーで待つ客も洗練された雰囲気だった。絹のワンピースに身を包んだご婦人やら、上物のスーツを着こなして悠々と足を組み座っている紳士やら、普段着に毛の生えた自分の姿がとても貧相に見える。

ちょうどお昼時のせいか、ひとの動きは多い。といっても、どこかの社員食堂のような雑多な騒々しさはなく、俗に言うセレブな人々が、その地位に相応《ふさわ》しいランチをお召し上がりに来ているらしかった。

（ランチ…）

もしかして原田は自分の「祝杯を挙げよう」という言葉を拡大解釈したのだろうか？

こんな時間にこんな場所で、食事以外には適当な待ち合わせの用件を思いつかなかった将孝は、ようやく腑《ふ》に落ちた思いで頰杖《ほおづえ》をついた。原田の気持ちが分かれば、なるほどと思わないでもない。しかし、いきなり高級ホテルでの食事をセッティングしなくても、自分は紫陽花《あじさい》の咲く灰色の塔の中で、ちょっとだけ高めのワインを飲めればそれで良かったのだ。

第一、あの身なりに気を遣わない男はどんな姿でここへ来る気なのだろう。こういったホテルのレストランには、ちゃんとしたドレスコードがあるのを知っているんだろうか。

（入っても追い出されたりして）

我知らずクスッと笑いが零《こぼ》れる。

と、その時、将孝の視界の端で男がひとりソファから立ち上がった。

その男が真っ直ぐ自分に向かって歩いてくるのに、将孝は（あれ？）と視線を向ける。男は、さっき将孝が一瞬だけ目を止めた人物だった。上物のスーツが立派な体格をぴったりと包み込み、綺麗に整えられた髪型に彫りの深い顔立ちが映え、モデルのようにも俳優のようにも見える。それが迷わずこちらへ来るのを見て、もしかして知り合いだっただろうかと将孝がようやく考え始めた時には、男はすでに将孝の前まで来ていた。

「遅かったな」

「は？」

「待ちくたびれて寝ちまうところだったぜ」

「………」

どうして、目の前の色男から原田の声がするんだろう？

そう思った次の瞬間、将孝はあまりの驚愕《きょうがく》にソファから転げ落ちそうになった。

「…原田っ!?」

声はぎりぎり低めに抑えた。が、あんぐりと開いた口はどうにもこうにも塞《ふさ》げなかった。

「原田…なのか？」

「ああ、そうだけど？」

いったい何を驚いているのか分からないという顔で、原田は固まった将孝の腕を取る。そして無理矢理立ち上がらせ、そのまま大股にロビーを突っ切るとエレベーターホールに足を踏み入れた。引かれる将孝は呆然《ぼうぜん》として抵抗もせず、ただただ前を行く原田を見つめるばかりだ。

(嘘だろう)

誰か嘘だと言ってくれ。

平井将孝、二十七年の人生でこれほど驚いたことはなかった。

目の前の男は誰だ。原田だ。でも全然違う。今朝、谷中で別れてきた時の原田は、頭ぼさぼさ髭ぼうぼうの、外見だけだと得体の知れない浮浪者だったはずだ。それがどうして俳優ばりの色男になってるんだ。と、そこまで考えてようやくわかった。原田は髪を整え髭を剃《そ》り、それ相応の身なりをすると、誰もが振り向くいい男だったのである。

(信じられない)

(最初が夏毛の雪男だったくせに、どんどん脱毛していって最後がこれか?)

(やっぱりこいつ、脱皮してるんじゃないのか?)

原田の男前な横顔を睨《にら》んだまま将孝が怖い考えに囚《とら》われそうになった時、エレベーターのドアがスッと開いた。それに乗ったのはふたりだけだった。原田は迷うことなく目的の階のボタンを押すと、将孝を振り返ってニッと笑った。

「無事に出願できたのか?」

それはひどく見慣れた口の形だったのに、将孝の胸はドキリと鳴る。今の原田が違いすぎる

から。

「あ、ああ、できた」

「郵便局も行った？」

「もちろん行った。ガイヤに電話もしたし、類似の先願特許も鞄《かばん》の中だ」

「そうか、――暑い中ご苦労だったな」

何気ないねぎらいの言葉にも胸の鼓動が騒がしい。顔もたぶん赤くなっている。いったい自分に何が起こっているのか、将孝自身がひとりでドギマギしているうちに、再びエレベーターのドアが開いた。そして長い廊下の先で連れ込まれたのは、妙に広くて豪華な客室だった。

「え？」

ドアの閉まる音でようやく我に返る。

壁一面の窓からの眺望は素晴らしく、座り心地の良さそうなソファに品のいいローテーブルだけでワンフロア。何より、こんなホテルで客室内の部屋がふたつ以上あるのは、それだけでただ事ではない。

「おい、この部屋はなんなんだ？」

「え～っと、ジュニアスイート？」

「ジュ、ジュニアスイート!?　って、そんな、勝手に入っちゃまずいだろう」

「なんで勝手に入れるんだ。ちゃんとチェックインしてるぞ」

「何!?」

「いや、ふたりで飯が食える広い部屋がいいって言ったら、ここになったんだ」

ほら、と原田が指差す先には、小洒落《こじゃれ》たテーブルの上にふたり分のイタリアンランチと冷えたシャンパンが載っている。将孝はそれをしばし見つめてから原田を振り返った。

「……もしかして、祝杯?」

「ああ。おまえ、やろうって言っただろ?」

「……言ったけど、別にここのレストランでも良かったのに」

「俺は人目があるところで飯を食うのは嫌いなんだ。それに、おまえいいのか? 食ったらキスするぞ」

「!!」

ギョッと身を引く将孝の前で、原田はネクタイを取り、上着をソファの上に放り出す。

「たぶん、みんなジロジロ見るぜ?」

「レ、レ、レストランですることないだろう!」

「じゃあ、どこでやるんだよ。廊下か? ロビーか? 言っとくが俺ン家《ち》じゃお断りだからな」

「なんで?」

「なんでぇ? せっかくのご褒美なのに、自分ン家でだなんてありがたみもクソもないだろ。

これに関しちゃ俺の好きにさせてもらうって昨夜言ったよな？　まさかびびってんのか？」

「!?　俺はびびってなんかない」

「じゃあ、とりあえず飯を食おうぜ。の、前にまずは祝杯からだ。——な？」

「………」

何か原田にいいようにあしらわれている気がしないでもなかったが、将孝は促されるまま渋々とテーブルについた。向かい合わせの身綺麗バージョンの原田は、背景のゴージャスさと相まって同性でも見惚《みと》れるような色男ぶり。シャンパンを開ける手つきさえひどく様になっていて、確かにこんな男とレストランなんかに行ったらセレブなご婦人方の視線を集めそうで嫌だった。しかし、それと説教とは話が別だ。

「おまえ、なんだよハイヤーとか使って。いくら特許料で潤ってるからって、少しは金の使い方を考えたらどうなんだ？」

「考えてるさ。ほら、機嫌直せよ。これって上物らしいぜ」

シャンパングラスになみなみと注がれたそれは、絶え間なく発生する気泡が窓からの日の光に映えて美しかった。とりあえず将孝は小言を引っ込め、気恥ずかしい乾杯なんか抜きにして、ふたりで一杯目を一気に飲み干す。口腔《こうこう》に広がるさわやかな甘みが、酒の種類を知らない将孝にもそれの上等さを教えてくれていた。続いて口にした料理もすこぶる旨い。

最初こそわだかまりが消えなくてなかなか会話が続かなかったけれど、どれほど外見が変わってても原田は原田だった。めったに口にできないイタリアンランチを贅沢《ぜいたく》なつまみにして、他愛ない言葉のやり取りを重ねていくうち、将孝の緊張も解けていく。そして気がつけばふたりして、小一時間も今後のガイヤへの対抗策を話し合っていた。


「ちょっと飲み足りないな。冷蔵庫にあるやつ、もう一本いくか？」

原田が銀色のワゴンに皿とグラスを乗せながら提案する。同じくテーブルの上を片付けていた将孝は、盛大に渋面を作ってみせた。

「まだ昼間だぞ」

「ダメか？　そうだな。——ま、終わってからってことでもいいかな」

「は？」

「いや、じゃあ、これ外に出してくる」

大の男がしずしずとワゴンを押して歩く姿はどこか微笑《ほほえ》ましい。将孝は外の景色を眺めながら、（原田が戻ってきたらいよいよか）とどこか落ち着かない気持ちを持てあました。馬鹿な話だ。対ガイヤ宣戦布告記念とはいえ、祝杯とキスを抱き合わせてこれほど無駄に豪華なシチュエーションを用意するなんて。自分は恋する女ではない。驚きはするけれど、感激はしない。それとも、これも紫陽花を愛でる原田の性格と繋《つな》がっているのだろうか。

――なら、意外と乙女チック？

「まさかね」

思わずフッと笑ったら、原田が戻ってくるのが窓鏡に映って見えた。真っ直ぐこちらに向かってくるのを確認して、将孝もついに覚悟を決める。キスは一瞬だけですませて欲しかったが、ここまでされると少しくらい長くてもいいかな、と思わないでもない。ゆっくり振り返りながら、なるほどこれが演出というものかと将孝は思った。

真後ろまで来ていた原田がそっと将孝の肩に手をかける。その手のひらの熱さに、少しだけ身が固くなった。

「将孝」

「……ああ」

「おまえ、風呂入ってこい」

は？

「風呂、あっちだから」

と、原田が指差す方を見て、事態を理解するのに五秒ほどもかかってしまった。

「何なんだ、いったい！」

シャワーブースの中で泡まみれになりながら、将孝は壁に向かって思い切り毒づいた。

『汗くさいのは嫌だ』

『俺だってちゃんと風呂入って床屋に行ってきたのに』

『ひとにここまでやらせといて、そっちも誠意を見せろよ』

そういう問題か！

いくらこっちが昨日から風呂に入ってなかったからといって、キスひとつでどうしてここまで引っぱられなくてはいけないのだ。こうなってくるともう、どっちが積極的にキスを望んでいたか分からなくなる。しかも洗えるだけ洗ってブースを出てきたら、そこに置いてあった服が残らず全部消えていた。

「あの野郎！」

身体を拭《ぬぐ》うのもそこそこに備え付けのバスローブを着込み、将孝はドカッとバスルームのドアを開けた。

「おい、原田！　てめぇ俺の服…」

どこやった‼　と、怒鳴ろうとして、しかし次の言葉が出てこなかった。

なぜならそこは、シャワーを浴びる前とは様相が一転していたからだ。

「⁉」

何もかも暗い。窓からの光があれほど明るく照らし出していた部屋の中は、今はまるで真夜中のように闇《やみ》に沈み、わずかばかりの間接照明が調度のシルエットを昼間とは違った色で際立《きわだ》たせている。最初将孝は何が起こったか分からなかった。それがただ分厚いカーテンを閉めただけと気がつくのにかなりかかった。完全に毒気を抜かれ、視界を巡らせ、原田の姿をソファの上に見つけた時、思わず息が止まりそうになった。

原田はそこに座っていた。

窓際にある、一番奥のソファに足を組んでゆったりと。そして将孝をじっと見ていた。

——なぜだろう、着ている物に変わりがあるわけではないのに、部屋の雰囲気と同じでさっきと全然印象が違う。上からふたつまで外されたシャツも、だらしなく肘《ひじ》まで捲《まく》り上げられた両袖も、そこから見えるともなく覗く男の肌が、何か特別な意味を持って将孝の目に映った。

原田の右腕がゆっくり動く。人差し指と中指を自分の方へ倒すように動かし、将孝を呼ぶ。

将孝の足はなかなか動かなかったが、やがて一歩一歩踏みしめるように原田に向かって歩き出した。将孝が目の前に来ても原田はソファから立ち上がろうとせず、わずかに組んでいた足を解いて広げて、自分が何をして欲しいか意思表示するだけだ。

将孝の眉がキュッと寄る。胸の鼓動がバクバクとうるさくて、肩が忙《せわ》しく上下した。

「……キスはキスだよな」

「キスはキスだ」

訊く方も答える方も声は少し掠《かす》れていた。将孝は原田の両足の間に身体を進めると、ソファの縁に膝《ひざ》をついて身を屈《かが》め、どこか臆《おく》した表情で顔を寄せていく。不安定な体勢にバランスが取り辛《づら》い。将孝の右手が思わず原田の肩に伸び、押された原田の上半身はじわじわとソファの背もたれに沈んでいった。

逃げる唇を追おうとして、将孝の身体がさらに前屈みになる。

将孝の死角で、原田の両腕がスッと動く。

そして互いが互いの唇の気配を感じた瞬間、将孝は強く抱きしめられていた。

(!?)

あ、と口を開けたら、いきなり舌が侵入してきた。抵抗しようとして膝が滑り、将孝は思わず原田に縋《すが》りついてしまう。原田の逞《たくま》しい腕がかき抱くように将孝の身体を捕らえると、そのまま強引に引きずり上げ、これ以上ないくらい互いの身体を密着させた。男ふたりには小さすぎるソファの上で、将孝は深く口腔を犯される。

「んっ…、…っ、～っ」

原田の肩に置かれた将孝の両手に、力が込もってブルブルと震えた。渾身《こんしん》の力で原田の肩を遠く押しやり、将孝が「はっ」と自分の唇を解放した時には、そこは口紅を塗ったように赤く濡《ぬ》れそぼっていた。しかしすぐさま原田が覆い被《かぶ》さってきて、もう一度呼吸の自由さえ奪おうとする。嫌がって身を捩《よじ》ったら、そのまま両の太腿《ふともも》を持ち上げられ、左向かいの長ソファに押し倒されていた。

上等なソファに、ぐんと身体が沈み込む。上から男の全体重をかけられて、将孝はその圧倒的な重さにひどく焦った。

「ちょっ、原田っ」

「なんだ」

「キ、キスだけだって…」

「これってキスだろ」

「…っ!? じゃあ、もうすん…」

「一回だけとは言ってない」

「なっ…」

なんだと!? という言葉は、再び原田の唇に吸い込まれた。将孝はソファの上で原田の四肢にガッチリと押さえ込まれながら、唯一自由になる左手で原田の広い背中を叩いた。しかしあまりにも熱心で執拗《しつよう》な口腔への愛撫《あいぶ》が、その腕の力をどんどん削《そ》いでいく。最初は精一杯抗議の意志を示していた左手も、やがては原田のワイシャツを握りしめるので精一杯になってしまった。

「んんっ、……う」

満足に呼吸《いき》もさせてもらえないから、身悶《みもだ》えるほど苦しい。いつの間にかバスローブの紐《ひも》が抜かれ、大きく晒《さら》された胸で原田の右手が蠢《うごめ》いていた。その太い親指の腹で乳首を緩《ゆる》く弄《もてあそ》ばれると、苦しさの中から違った感覚が湧き上がる。それをありありと身の内に感じて、将孝はひどく怯《おび》えた。原田の指は胸から脇《わき》へ、脇から背中へと、将孝が甘く感じる場所ばかりを責めているのだ。いつかの夜に触診と称してそのすべてを調べられてしまったことを、混乱し始めた将孝はまだ気づいていなかった。

「…っ、う、……っ」

重なり合った唇の合間から、湿ったいやらしい音がする。飲み込みきれずにあふれ出た唾液《だえき》が自分の頬を汚すのを感じて、将孝の目尻《めじり》がうっすらと濡れ始めた。原田が顔の位置を変えながら舌を深く含ませるたび、その逞しい身体の下で将孝が小さな痙攣《けいれん》を繰り返した。長い蹂《じゅう》躙《りん》を経てようやくキスから解放された時、将孝は肩が揺れるほど激しく息を乱していた。

密《ひそ》やかな揉《も》み合いのせいで将孝の腰から下は完全に露《あら》わだ。力なくソファから滑り落ちた左足が、その汗ばむ指先で絨毯《じゅうたん》の長い毛足をきつく噛《か》んでいる。原田に縋った左手は固まったように動かず、将孝は息を整えようと呼吸するのにやっきになった。が、将孝にそんな猶予は与えられなかった。将孝の唇を離しても、原田の手がまだ止まってはいなかったから。

少し身体をずらして、将孝の腰を背中から左腕で固定すると、投げ出されたその左足を膝裏ですくい上げるように割り開き、白い内股に五指を食い込ませた。

あ、と将孝の顎《あご》が上がって、動かなかった左手が原田の髪の毛をふいに引っぱる。

「や……止《や》めろ、よ、おまえ」

眉をしかめ、喘《あえ》ぐ息の下から原田を責めた。けれど責められた男はそれを無視して、将孝の胸にぬめる舌を走らせた。両の乳首を念入りにしゃぶられ、合間合間にきつく齧《かじ》り付かれると、鋭い快感に将孝の背が大きく撓《しな》る。それが熱くなりかけた腰にダイレクトに響いて、原田の腰の下で将孝の欲望の芯がムクリと頭をもたげた。目敏《めざと》く変化に気づいた原田の指が、将孝の太腿に赤い線を残しながらじわりじわりとそこへ近づいていく。

「！」

事態を察して将孝が身をひねった時には、すべてが原田の手の中に収まったあとだった。

「あ、あ、…は、はらだっ、……や」

間髪入れずに手が動き出し、その反動で将孝の身体がずり上がった。原田は将孝の逃げを許さずにまた深く口づけてくる。キスを拒もうとして拒めず、嬲《なぶ》る手を止めようとして止められず、将孝は原田のなすがままにされてしまう。息を乱せばすぐ解放するのに、原田は執拗に将孝の唇を塞ごうとした。熱く追い詰めてくる男の指先に将孝が陥落したのはすぐだ。舌を絡ませたまままきつく眉を寄せ、将孝は原田の手の中に温《ぬる》い精を勢いよく吐き出した。

「…っ」

欲情の証を放出してしまえば、しばらくはひどくやるせない。常識外れなキスと無理強いされた吐精に、将孝の中で怒りとも羞恥《しゅうち》ともつかない複雑な感情が込み上げてくる。

「も、もう、いいだろ。……離せよ」

将孝の声を聞いているのかいないのか、原田は上下する将孝の胸に強く額を押し当て動かずにいた。将孝の指がその強《こわ》い髪の毛を緩く引っぱり抗議しても、原田は額を離そうとしなかった。狭いソファの上で将孝と身を重ねながら、何かをじっと堪《こら》えているようだ。あまりに動こうとしないので、将孝は我慢できずに身じろぎした。

と、その時、原田がポツリと呟《つぶや》く。

「――……やっぱダメだ。なんでかな。いつもはこんなことないのにな」

「え？」

いつもは？

原田はようやく頭を上げる。どこか気怠げな将孝の視線に晒されて、ふっとその男らしい顔を歪《ゆが》めた。笑っているような困っているような、とても不思議な表情だった。

（――？）

将孝はほとんど無意識に原田の髪を引っ張った。

「原田？」

「将孝、これってキスだから」

「…え？」

次の瞬間、原田はいきなり身を起こした。下で驚く将孝の身体をすさまじい腕力で肩に抱え上げると、そのまま大股で部屋を突っ切り、勢いよくベッドへ放り込む。将孝が事態の急変を悟ったのは、靴を脱ぐのももどかしげに原田がベッドに上がってきた時だ。女のようにバスローブの前をかけ合わせ、脇へ逃げようとした腰をガッチリと原田に捕まえられた。

「は、原田っ」

抗《あらが》う間もなくバスローブをはぎ取られる。ベッドの上に馬乗りに押さえ込まれ、見上げればどこか獰猛《どうもう》な顔をした原田が食い入るようにこちらを見ていた。乱暴な所作でシャツのボタンを外し、スラックスのファスナーに手をかけ、自分が何を考えているのかその態度で将孝に教えようとしている。その無言の迫力に将孝は完全に呑《の》まれてしまった。原田がゆっくりとのしかかってきた時も、半ば呆然とその目を見つめて声が出ない。

「将孝」

昂奮《こうふん》を押し殺したような囁《ささや》きとともに唇が降りてくる。再び口腔を深く犯され抱きしめられたら、汗ばんだ互いの肌がヒタリと吸いつき合った。初めて肌を触れ合わせたはずなのに、ひどく懐かしいと感じるのはなぜなのか。将孝の鼓動も忙しないけれど、直に伝わってくる原田のそれはもっとずっと激しかった。

「ん…」

これ以上はまずい。――頭の中で自分から自分への警告が聞こえる。

が、原田の肩を押し返そうとした腕には力が入らず、下肢をじわじわと押し広げられていくのにも為すすべがなかった。強い意志を持って動いていたのは原田の膝だ。唇から顎へ、顎から首筋、胸へと唇の愛撫を移動していく間にも、原田の太い膝は将孝の両足をどんどん左右に割り裂いて、ついには限界まで開かせる。晒された白い内股に原田の唇でポツポツと赤い斑点を施《ほどこ》された時、将孝は震える手でその頭の動きを押しとどめようとした。しかし下腹部で震えていた情欲は、あっけなく陵《りょう》辱《じょく》者の口腔に呑み込まれてしまった。

「あっ」

その、あまりにも強烈な快感。

受け止め切れない将孝の腰がガクガクと痙攣する。熱くぬめった粘膜が一番敏感な場所に絡みついて、将孝の全身から一気に汗が噴いた。咄嗟《とっさ》に閉じようとした太股は原田の両肘がそれを許さず、巧みな舌の動きで萎《な》えかけていた将孝に新しい血を流し込んでいく。みるみる力を取り戻す硬直が、その先端からおびただしい量の露を吐き、原田の奉仕に拍車をかけた。

「あ、……は、っあ、あ」

将孝は身を反り返らせて激しく喘いだ。とてもじっとしていられないのだ。でも下肢は押さえ込まれて動かないから、その分、上半身が左右にうねった。原田の頭にあった将孝の手が跳ね上がってベッドカバーを握りしめ、また震えながら原田の頭に戻っていく。飽きずに繰り返される根元から先端への執拗な愛撫に、将孝の目元がボウッと熱を持ち始めた頃、原田の大きな手がいきなり将孝の双丘を鷲掴《わしづか》みにした。

「！」

ハッと両目を見開く。

あり得ない場所を原田の濡れた指先がなぞっている。

それの意味を将孝が理解する前に、一本目の指がそこを犯した。

「つっ」

それは正気を呼び戻すような鋭い痛みだった。なぜそんなことをするのか責めようとして原田を見たら、笑ったような困ったような不思議な表情で将孝を見つめていた。

「は…らだ」

おまえ、またその表情《かお》か。

指が蠢く。将孝の眉が寄る。なんともいえない圧迫感で全身に力が入り、その緊張を息で逃がそうと荒い呼吸を繰り返した。

らしくない。どうして自分はこんなにおとなしくしてるんだろうか。将孝は苦しい息の中で豪奢《ごうしゃ》な天井を見上げた。夜のように暗いけれど、外はまだ昼間だ。無理矢理に作り出された密室で、キスだけと言いながら信じられないような行為を次々と仕掛けられ、なぜ自分は怒りもせずに原田の行為をただただ受け止めているんだろうか。

何を考えているのかわからない。——自分も原田も。

将孝は自分の腰のあたりにある原田の肩をグッと摑んだ。爪《つめ》が立つほどきつく摑み、強引に上の方へ引き寄せようとする。原田は将孝の手に素直についてきた。鼻面がつくほど近くにまで互いの顔を寄せて、将孝は精一杯の険悪さで原田を睨み付けた。

「おい、こ、これってキスか？」

「キスだ」

「嘘、つけ」

「嘘じゃない。俺にはキスだ」

「──おまえ、じ、自分が屁理屈《へりくつ》こねてんのは分かってんだろうな」

はぁはぁと息を乱しながら文句を付けたら、原田はこくんと肯《うなず》いた。

「わかってるさ、もちろん」

チュッと軽く唇が合わさる。将孝の目が無意識に横に流れ、原田がその視線を追って互いの額を重ね合う。またヒタリと肌が吸い付き合った。

「将孝」

甘い呼びかけに唇を開いて深いキスを誘ったのは将孝の方だ。初めて自分から望んで原田の口腔を犯す。

「……ん」

両腕で原田の頭を抱き、キスは長く続いた。

あ、あ、と声を漏らしながら、その度に将孝の腰が小さく蠢く。秘された狭間《はざま》に三本もの指を含まされたのはもうずいぶん前だ。そこをじっくりと解きほぐされ、今は腰から下が燃えるように熱い。血を集めて膨張したものを原田が意地悪く弄んでいる。攻める原田の手にはけほどの鋭さもない。

うつ伏せにシーツを噛みしめ、将孝はこの緩い快感が早く終わるのを待ちわびていた。解放を目的とする男の生理はいつも性急で淡泊だ。将孝とてこれほどまでに快感を持続させられたことは未だかつてなかった。原田の執拗とも言える性的な問いかけに、体奥に隠されていた悦楽のスイッチがオンになろうとしている。淫靡《いんび》な予感が将孝の腰で妖《あや》しい脈動を繰り返し、思いがけないほど将孝を乱れさせていた。

とその時、ズルリと原田の指が引き抜かれる。甘く切ない喪失感に将孝の眉が寄った。肩を掴まれ仰向けにされ、膝裏をすくわれるように身体を開かされて、原田の昂奮しきった身体が入り込んでくるのを将孝は見た。赤黒く熱《いき》り立った硬直が、その鋭い切っ先を解けた狭間に押し当ててくる。体勢を整えるように原田の身体が動いたと思ったら、そのままズクッと先端を突き入れてきた。

「あ」

想像していたよりもずっと鈍い痛みだった。それほど充分に準備を施されたのだとは考えも及ばなかった。圧倒的な質感がズクズクと体奥に押し寄せてきて、将孝の背が限界まで反り返る。その緊張した背中を支えるように手が添えられ、すぐに緩やかな蠕動《ぜんどう》が原田の腰から繰り出され始めた。

「あ、あ、あ」

原田の逞しい腰と同じ波長で将孝の身体が前後に揺れる。左右に投げ出されていた手が縋る物を探して征服者の腕に辿《たど》り着き、その硬くしまった腕の筋肉をなぞったら原田の動きが荒々しくなった。反動で将孝の額に玉の汗が浮く。

「あ、あぁ、…っ、…っ」

容赦のない陵辱は熱く硬く痛い。なのにそれとは違った感覚が繋がった場所からあふれ出て、将孝はひどく混乱した。戦慄《わなな》く腰を抱え上げられると、それだけでよがり声が漏れるほど悦《い》いのだ。将孝は身体を抉《えぐ》られる苦しさと気持ち悦《よ》さに思わず原田の首をかき抱いた。赤く染まった将孝の耳朶《じだ》を原田の激しい呼吸が打つ。自分以上に相手が昂奮しているのだと感じたら、身体の中にいる原田を思い切り締め付けていた。

「くっ」

原田が呻《うめ》いて動きを止める。

「ま、待って。ま、将孝、ちょっと待…」

「あ、あ、原田」

「俺、まだ……あ、将孝」

「や、あぁ、…いたっ」

「将孝、ダメだって」

「た……武之」

「！」

将孝が甘くその名を呼んだのは無意識だった。が、次の瞬間、原田は息を詰めるようにして精を放った。体奥に感じる熱い迸《ほとばし》りに、将孝の顎がくうっと上がる。原田と繋がった場所から生温い白濁が零れ出したけれど、将孝は原田の首に腕を回したまま動かなかった。原田もまた動かない。将孝の身体に自分の身体をぶつけるようにして、苦しげな呼吸《いき》を繰り返していた。

そしてしばらく。将孝の両腕の拘束が徐々に緩んで、原田はようやく顔を上げた。額から流れ出した汗がポタッと将孝の胸に落ちる。

「不意打ちは卑怯《ひきょう》だぞ」

恨み言は原田から出た。自分の下でぐったりした将孝を軽く睨んで、落ちた汗を人差し指で捕まえる。敏感な場所への刺激に将孝が「あ」と反応した。

「もっかい呼んで」

「…え?」

「名前。俺の」

「……?」

将孝は濡れた双眸《そうぼう》で原田の目を見た。何を言っているのか分からないと表情で訴えたら、原田の方が先に焦《じ》れた。黙ったまま腰を再び深く押し込んできて、将孝の下腹部で愛撫を待っているものに手を添え擦り始める。

「あ、あ」

「なぁ、呼んで」

「あ、……あぁ、は、原田」

「そっちじゃなくて」

「…っ」

将孝の潤む先端を親指で弄《いじ》り回しながら、原田はおもむろに腰の律動を再開した。そうなるともう何かを答えられる将孝ではない。さっきまでとは段違いの感覚が腰を熱く支配して、朦《もう》朧《ろう》とする頭を激しく左右に振った。全身から噴き出す汗が肌を伝う感触にさえひどく感じる。なのに原田は身を屈めて将孝の胸をいやらしく舐《ねぶ》り始めるのだ。鳥肌が立つような悦楽に、将孝は嬌声《きょうせい》を抑えることができなくなった。

暗い部屋に将孝の甘く掠れた声が響く。原田は白く浮き上がった将孝の身体を心ゆくまで堪能しながら、お互いに二度目となる際《きわ》をゆっくりと目指した。やがて声さえなくした将孝が小刻みな痙攣を繰り返して交情の終わりを促してくるのに身を起こし、深く浅く、名残《なごり》を惜しむように将孝の中をかき回して、原田はその上半身からおびただしい量の汗を散らす。

ふたりがクッと息を詰めたのは、それからすぐのことだった。

＊＊＊＊＊

「おめぇ、原田くんとなんかあったのか？」

畳敷きの部屋から団扇《うちわ》片手に浴衣《ゆかた》姿で出てきた元治《げんじ》が、事務所でノートパソコンに齧り付いている将孝を見るなりそう訊いてきた。その訝しそうな声を背中に感じて、将孝は（ついに来たか）と身を固くする。パワー半導体に関する特許を出願して以来、――いや、正確には原田とあんなことがあって以来、将孝の足はまたもや原田技研から遠のいていた。そして早一ヶ月以上。鬱々《うつうつ》とした表情で特許事務所にこもっていれば、いやでも目敏い祖父の目につくだろう。パッと見た感じではまるで仕事が停滞していて、そうなると元治の性格では黙ってもおれまい。

しかし、将孝としては仕事を停滞させている気はなかった。

「何かって何ですか？　別になんにもありませんよ」

「でも最近はちぃっとも谷中に行かねぇじゃねぇか」

「別に行かなくても仕事は進みます。今はパソコンがあれば何だってできる時代なんですよ。明細書の打ち合わせも、データのやり取りもメールで全部すみますから問題ありません。原田さんともそれで話はついてますから」

将孝はノートパソコンの液晶モニターから目を離さず、早口で答えた。

「けっ、何を偉そうな口ききやがる。そんな四角い箱で全部片付きゃあ、世話はねぇんだよ」

腹立たしい声で言い捨てると、元治は畳敷きの部屋に戻っていく。追及がしつこくなくて、将孝は心底ホッとした。話がついているというのはもちろん嘘だ。本当はことがあった翌日にメールで一方的に通告しただけなのだ。それについて原田からは返事がなく、しかし要求すればデータを送ってくるので、将孝としては了解を得たことにしてしまった。それに、対ガイヤ用の論争準備もある。だからぼんやりと時間を無駄にしているわけではなかった。

しかし、そんな態度が一番自分らしくないと、将孝自身にも分かっていた。こんな鬱々とした自分がとても信じられない。

キスだキスだと言いながら、あろうことか最後まで。

それもおそらくは最初からそのつもりで。

「……あいつ…」

原田の密やかな企《たくら》みを思えば、ふつふつと怒りが湧いてくる。が、原田だけを悪者にするつもりは将孝には毛頭ない。あの時の己の態度では、半ば原田の横暴を許したも同じことだ。けれどそれならそれで、今までの自分なら白黒はっきりさせるような出来事だったはず。もう二度とするなと怒鳴りつけて、無理矢理にでも納得させて、それで原田技研に通っていって——。

未だそれができずにメールのやり取りを続けているのは、原田の気持ちをスッパリと断ち切ることに将孝が強い抵抗を感じているからだ。原田が将孝の拒絶を納得できなければ、今度は将孝が原田に拒絶される番だからだ。

(どうして……)

自分は原田の拒絶をこれほどまでに怖がるのだろう。

あの男の才能か。相手が夢のような大発明家なら、自分は何をされても構わないのか。そんなにもあの男が考えつく物に魅了されているのだろうか。確かに原田は天才だ。しかし、それだけの理由で何もかも許せるほど、自分は偏《かたよ》った人間だったろうか。

目の前のモニターを睨んでいるのに、将孝の頭の中には何も入ってはこなかった。実はここ一週間、原田とのメールのやり取りも完全に途絶えていた。抱えていた案件をすべて明細書にしてしまって、将孝がデータ要求のメールを送らなくなったからだ。だから返事もこない。事務的な手続きもひと段落した今となっては、原田が何か新しいアイディアを思いつかない限り連絡の取りようもなかった。

連絡がこなければひどく気になる。あの若き天才はコンクリートの塔の中で何をしているのだろう。もしかしたら、いつかの朝のように紫陽花の庭にぽつねんと立っているのか。

いや、それはない。もう夏だ。紫陽花はもう散ってしまったはずだから――。

「………」

ふいに将孝の胸が締め付けられるように痛んだ。ここ最近、度々襲われる胸の痛みは決まって原田を思っている時にくる。怒りとも悲しみともつかない複雑な感情に胸を覆われて、将孝の眉が小さく寄った。と、その時、事務所の電話が勢いよく鳴り始める。受話器を取ったのは側にいた曽祢子《そねこ》だった。

「はぁい、平井特許事務所でございま……、あら、原田くん？　お久しぶりねぇ、元気にしてたの？」

(!!)

祖母が口にした名に、将孝は激しく動揺した。曽祢子がひとしきり世間話に花を咲かせている間にもドキドキと胸が騒がしくなり、大の男が何をこんなにと口をひん曲げた瞬間に、「じゃあ、将孝に代わりますね」ととどめを刺された。

「将孝、原田くんよ。新規特許のご相談ですって」

「……あ、はい」

将孝に引き継いでも曽祢子は当たり前のように側にいる。将孝は祖母に背を向けるようにして、受話器に耳を押し当てた。心臓の鼓動がうるさくて、息が乱れそうだ。

「も、もしもし」

『………』

「………」

原田がしゃべらないのに、将孝もまた返事を返さない。受話器越しに互いが互いの気配を息を殺して感じている。そういえば最初の時もドアスコープを介してこんなことがあったなと、妙なことを思い出しながら将孝は原田の返事を待った。だが、後ろにいる曽祢子の手前、いつまでも黙っているわけにいかなかった。

「もしもし？　――し、新規特許の件だそうですが、今度はどのような案件でしょうか」

『……』

「原田さん？」

『……』

背後で曽祢子の動く音がするのに、将孝はひどく焦った。

（しゃべれよ、このっ）

「あの…」

『あ〜、例の育毛剤でリベンジしたいんだ』

「…っ」

聞いた瞬間、息が詰まった。久しぶりに耳にした原田の声は、自分でもビックリするほど胸に来た。受話器を握る将孝の手が汗ばむ。

「育毛剤ですか？」

『ああ。今回はちゃんと育毛剤で。……生え過ぎず、無駄に抜けたりしないやつだ。データもちょろちょろ取れてる。ノウハウでも特許でもいいから権利化したい』

「わかりました。早速、明細書の構想を練りますので、大まかな実験内容とデータをメールで送ってください。それを見て草案を…」

『悪いが取りに来てくれ』

ドキリとして思わず目を閉じ、またすぐ開いた。

「いや、まずはメールでお願いします」

『直接話したいんだ。来てくれ』

「……あ、…あの、何か資料を作って行った方が作業性がいいかと…。ですから」

『将孝、いつかおまえ言ったよな。弁理士は発明家のために労を惜しまないって。……もうそういうのは嫌になったのか？』

え？

『嫌になったのか？』

「そ…そんなことはありません。今回の案件も、精一杯取り扱わせていただきます」

『でも労を惜しんでいる』

「惜しんでません」

『惜しんでるよ』

「………」

『惜しむなよ』

原田の声は責めるトーンではなかった。むしろ責められている側のように沈んでいる。将孝は思わず虚空を睨んだ。

――弁理士は発明家のために労を惜しまない。

――労を惜しんでいられないくらい発明家に入れ込める人間が、特に選んで弁理士になれ。

聞き慣れた元治の口癖が原田の声になぜか重なる。自分もまたそれを信条にしたいと願ってきた。選んで弁理士になりたい。

誰の？

それはもちろん原田のだ。だって仕事はあんなにも楽しく、食事をしながら交わす他愛のない会話でさえ自分は――。

『将孝？』

原田の声が拡散しかけていた意識を再び集中させる。一瞬だけ将孝の視線が泳いだ。

「あ、申し訳…」

『俺じゃダメか？』

「え？」

『俺はおまえが労を厭《いと》わず働けると思えるような、そんな発明家じゃなかったのか？』

「……原田」

この男は何を言い出したんだろうと、将孝は目を瞬《しばたた》かせた。あれだけのアイディアを次から次へと具体化しておきながら、それでこっちをあれほど喜ばせておきながら、どうしてそんな言葉が口をついて出るのか。むしろダメなのはこっちのはずなのに。

「原田、おまえ――」

『それならそれでもいい。でもとりあえず来てくれよ』

何を言ってるんだ。

『平井特許事務所は最後まで発明家の味方なんだろ？　相談したい案件はいくらでもあるんだよ。まぁ、おまえにはあんまり面白くない内容かもしれないが』

何を言ってるんだ。

『将孝？』

何を言ってるんだ。

『もしもし？』

こいつ、本当に何を言ってるんだ。

『――すまん。案件とかそういうんじゃなくて、俺は……ただおまえに会いたいんだ。なんでかな。いつもはこんなことないのに。おまえが自分で来るまで待って、来なけりゃそれであきらめようと思ってたのにな』

ピクッと将孝の身体が揺れる。

「……野郎」

『――は？』

「情けないこと言うな、この馬鹿野郎っ！」

気がついた時には、ガシャーンと受話器を叩きつけていた。そこで、ハッとした。真後ろで曽祢子が一部始終を見ていたのを思い出したから。

「まあちゃんっ」

「は、はい」

ひきつった声に恐る恐る振り返れば、案の定、後ろには怒髪天を衝《つ》いた祖母が仁王立ち。

「あなた、お客さまになんて口をきくんですか！　馬鹿野郎ってなんです!?」

戦慄く右手に物差しを握っているのが恐ろしい。将孝はズサッと身を引いた。

「や、そ、それは違…」

「何が違うって言うんです！　今すぐ電話して原田くんに謝りなさい！　いいえ、直接行ってお詫《わ》びして来なさい!!」

「そんな」

「あなたが行けないなら、私が謝って来ます！」

「え!?」

憤然としてドアに向かった曽祢子を慌てて止めたら、いきなり畳敷きの部屋から元治が出てきた。どうしてだか浴衣を脱ぎ捨て外出着に着替えている。

「おい、うるせぇぞおめぇら。何わぁわぁ言ってやがる」

「あなた、ちょっと聞いてください。まあちゃんが原田くんに馬鹿野郎って言ったんですよ」

「あぁ？　じゃあさっきの電話は原田くんか。そりゃ、ちょうど良かった」

元治は愛用の中折れ帽を被るとロッカーから自分の鞄を取り出した。

「まあ、どこかへお出かけですか？」

「原田くんのとこに決まってるだろう。夕方には帰る」

「えぇ？」

言い捨てた元治はそのまま事務所を出て行きかける。慌てたのは曽祢子と将孝だ。ふたり一緒にハシッと老体を引き止めた。

「あなた、まだ遠出は無理ですよ」

「谷中ぐれぇ、何が遠出なもんか」

「急にどうしたんですか。仕事は全部俺がやってるじゃありませんか」

「おい、将孝。原田くんが馬鹿野郎だかなんだか知らねぇが、客に顔も見せねぇでいっぱしの弁理士ぶるんじゃねぇぞ。何を勘違いしてやがる。俺らの仕事が全部『めーる』とやらですむんならな、弁理士はどうやって発明家本人に入れ込むんだ。字か？　数字か？　わけの分からねぇ新理論か？　それさえ揃ってりゃ、おめぇは原田くんがどんな人間でも労を厭わず頑張れるのか!?」

「！」

ハッとした将孝の手を振り払い、まだ縋る曽祢子も邪険にして、元治は「じゃあな」と事務所のドアを開けた。だがそれ以上は進めない。再び将孝がガッチリと腕を摑んだからだ。

「腕を離せ、爺不孝者《じじ》が」

「いいえ離しません」

「ああ？　あ、お？　おおっ!?」

将孝は針金のような元治をヒョイと肩に担ぎ上げ、一気に畳敷きの部屋まで連れ込んだ。未だに敷いてある布団の上にそっと降ろすと、ほっ散らかしてあった浴衣を元治に差し出す。

「病み上がりで無理しないでください。お客さんは原田さんだけじゃないでしょう」

「てめぇがのろのろグジグジしてやがるからだろうが。原田武之の世話くらい、俺がいつだって代わってやるぞ。俺ぁ、気のいいあの男が好きなんだ」

「お断りします。俺もあの男は好きなんです」

キッパリと言って自分の机に戻ると、将孝は引き出しから自分の鞄を取りだした。

「原田技研には俺が行ってきますから、お祖父《じぃ》さんは寝ててください」

「ふん、今さら何でぃ」

「まあちゃん、行くんならちゃんと謝ってらっしゃいよ」

「わかりました」

神妙な顔でそう答えても、あの男に謝ることは何もない。むしろ謝って欲しいのは自分だが、それもやはり違う気がする。何が正しくて何が間違いなのか、原田の好意を突っぱねることも受け入れることもできない状態で会いに行くのはすこぶる危険だ。でも元治が出かけるのを黙って見てはいられなかった。

会いたかったのだ。自分だってあの男に。

「じゃあ、行ってきます」

麻のジャケットを颯爽《さっそう》と羽織り、鞄を手に将孝は夏の太陽の下に飛び出した。

急《せ》かされるように道を急いで、三十分も経ずに原田技研の前に着く。スロープの紫陽花はいつの間にか濃い緑の葉を繁《しげ》らせ、それがこの夏の勢いのように将孝の目に映った。最初に来た時は可憐《かれん》な花が咲いていたが、今の力強い紫陽花も美しいことに違いはない。

塔のスチールドアがスッと開いたのは、将孝がインターフォンを押す前だ。入り口には夏毛の雪男でもない、どこかの二枚目俳優でもない、普通の原田が作業着姿で立っている。少し臆したようなその表情に、将孝はニッコリと笑いかけた。

「原田さん、こんにちは。新しい案件の打ち合わせで参りました」

「……入ってくれ」

「お邪魔します」

促されてドアをくぐろうとした時、原田が「最初からやり直しか?」と訊いてきた。言葉遣いのことだろう。ほんの悪ふざけのつもりだったが、そう受け取られてもいいかなと思った。

「育毛剤ですよね？　もちろん明細書は最初からの作成になりますけど何か問題が？」

俺はただおまえに会いに来ただけじゃないぞ——と挑むように見上げたら、一瞬あとに「それでいい」という返事。原田は将孝以上に挑戦的な顔をしてニヤリと笑った。

「最初からでいい。今回ばかりはデータ収集を念入りにやらせてもらうよ。結果が楽しみだな」

（！）

将孝はムッと眉を寄せた。

「それって仕事だよな？」

「もちろん仕事だ。さあ、どうぞ？」

と、背中を押してくる手に思わず顔を赤くしながら、将孝は原田技研の中に入って行った。

あとがき

初めましてこんにちは、烏城《うじょう》あきらと申します。

この度は『発明家に手を出すな』をお手にとってくださり、誠にありがとうございました。町の発明家・原田武之《はらだたけゆき》と、町の弁理士・平井将孝《ひらいまさたか》のお話はいかがだったでしょうか。ふたりとも好きな仕事をしながら日々を暮らしている男でございますが、少しでも楽しんでいただければ幸いです。ちなみに元気な爺婆《じじばば》が出てくるのは書いている人間の趣味ですので、どうか笑ってご勘弁くださいませ。

それにしても世の中って驚くばかりに発明品の宝庫ですね。思わず手に汗握ってしまうアイディアが至る所にゴロゴロです。そんな中で私の最大ヒット発明品は何と言っても『猫砂』でしょう。これって本当に素晴らしい！　大昔、猫砂が出回っていなかった時代に猫を室内飼いしていた我が家では、猫トイレの中にまんま川砂が入っておりました。川砂ですよ川砂。三百六十度どこから見てもただの砂。某猫雑誌の猫トイレ比較表で、おすすめポイントが「猫が好き」としか書かれてなかった例のアレ。臭うし、毎日水洗いしなくちゃいけないし、何より猫の足で持ち出される砂が部屋中に撒き散らされるしでたいへんでした。

それが今じゃ快適な室内環境を維持しつつ一週間に一度の砂替えで事足りるんですもの、猫砂を発明してくださった方と猫砂の廉価化に努力してくださった皆さまには足を向けて眠れません。なので、くれぐれも我が家の南側にはお住みにならないようにお願いします。

——とかなんとか阿呆《あほう》な発言はさておき、挿絵をくださった長門《ながと》サイチ先生、ステキな原田と将孝をありがとうございました。先生のラフ画を手にするたびに、しみじみ〜、ニヤニヤ〜、としながら手が止まってしまって全然仕事になりませんでした。

Ｃｈａｒａ編集部のＭさんにも本当にお世話になりました。今回、生まれて初めて「追い詰められる」という感覚を堪能させていただきました。が、きっと倍返しでＭさんの方が大変でしたよね。心の底から反省しております。

そして読者の皆さま、本日のご縁を重ねて感謝でございます。本作で初めて私の話を読んでくださった方も多いんじゃないかと思いますが、ここで一発ご感想などいただけると嬉《うれ》しがって踊らせていただきます。せっかくの機会ですからぜひお試しください（笑）。

ちなみに、烏城あきらは二見書房のシャレード文庫さんからも『許可証をください！』というシリーズ物を出していただいております。工場勤務のお兄さん達（おじさん達も）がいろいろ地味に頑張っているお話です。本作みたいに偏《かたよ》った系が大丈夫な方（？）は、ぜひ本屋さんで探してみてくださいね。

平成十七年十月　烏城あきら拝

この本を読んでのご意見、ご感想を編集部までお寄せください。

《あて先》〒105－8055　東京都港区芝大門2－2－1　徳間書店　キャラ編集部気付
「発明家に手を出すな」係

■初出一覧
発明家に手を出すな……書き下ろし

発明家に手を出すな……【キャラ文庫】

2005年10月31日 初刷

著者 烏城あきら
発行者 市川英子
発行所 株式会社徳間書店
〒105-8055 東京都港区芝大門2-2-1
電話03-5403-4324(販売管理部)
03-5403-4348(編集部)
振替00140-0-44392

印刷 図書印刷株式会社
製本 株式会社宮本製本所
カバー・口絵 近代美術株式会社
デザイン 間中幸子・海老原秀幸
編集協力 三枝あ希子

定価はカバーに表記してあります。

本書の一部あるいは全部を無断で複写複製することは、法律で認められた場合を除き、著作権の侵害となります。

乱丁・落丁の場合はお取り替えいたします。

© AKIRA UJOH 2005

ISBN4-19-900366-5

キャラ文庫既刊

■秋月こお
[やってらんねェぜ！] 全6巻
[セカンド・レボリューション やってらんねェぜ！外伝]
[アーバンナイト・クルーズ やってらんねェぜ！外伝2]
[酒と薔薇とジェラシーと やってらんねェぜ！外伝3]
[許せない男 やってらんねェぜ！外伝4] CUTこいでみえこ
[王様な猫]
[王様な猫のしつけ方 王様な猫2]
[王様な猫の陰謀と純愛 王様な猫3]
[王様な猫と調教師 王様な猫4]
[王様な猫の戴冠 王様な猫5] CUTかすみ涼和
[王朝春宵ロマンセ]
[王朝夏曙ロマンセ 王朝春宵ロマンセ2]
[王朝秋夜ロマンセ 王朝春宵ロマンセ3]
[王朝冬陽ロマンセ 王朝春宵ロマンセ4]
[王朝唐紅ロマンセ 王朝ロマンセ外伝]
[王朝月下繚乱ロマンセ 王朝ロマンセ外伝2] CUT唯月 一
[要人警護]
[特命外交官 要人警護2]
[駆け引きのルール 要人警護3]
[シークレット・ダンジョン 要人警護4]
[暗殺予告 要人警護5] CUT緋色れーいち

■洸
[緑の楽園の奥で] CUT宗真仁子
[機械仕掛けのくちびる] CUT須賀邦彦

■朝月美姫
[BAD BOYブルース]
[俺たちのセカンド・シーズン BAD BOYブルース2] CUT東城麻美
[シャドー・シティ] CUTほたか乱
[ヴァージンな恋愛] CUT極楽院櫻子
[厄介なDNA] CUT高群 保
[お坊ちゃまは探偵志望] CUT雁川せゆ

■五百香ノエル
[キリング・ビータ]
[偶像の資格 キリング・ビータ2]
[暗黒の誕生 キリング・ビータ3]
[静寂の暴走 キリング・ビータ4] CUT麻々原絵里依
[幼馴染み冒険隊 デッド・スポット] CUTみずき健
[GENE《ゲーン》 天使は裂かれる]
[望郷天使 GENE2]
[紅蓮の稲妻 GENE3]
[宿命の血戦 GENE4]
[この世の果て GENE5]
[愛の戦闘《たたかい》 GENE6]
[螺旋運命 GENE7]
[心の扉 GENE8]
[天使はうまれる GENE9] CUT金ひかる
[白皙] CUT須賀邦彦

■斑鳩サハラ
[僕の銀狐]
[押したおされて 僕の銀狐2]
[最強ラヴァーズ 僕の銀狐3]
[狼と子羊 僕の銀狐4] CUT越智千文
[月夜の恋奇譚] CUT吹山りこ
[夏の感触] CUT嶋田尚未
[秒殺LOVE] CUT桃季さえ
[キス的恋愛事情] CUTえとう綺羅
[今夜こそ逃げてやる！] CUTこうじま奈月

■池戸裕子
[恋はシャッフル] CUT雁川せゆ
[ロマンスのルール]
[告白のリミット ロマンスのルール2]
[優しさのプライド ロマンスのルール3] CUTビリー高橋
[小さな花束を持って] CUT金ひかる
[アニマル・スイッチ] CUT夏乃あゆみ
[TROUBLE TRAP！] CUT峰倉かずや
[いつだって大キライ] CUTのもまりの
[ラブ・スタント] CUTえとう綺羅
[課外授業のそのあとで] CUT史堂 櫂
[恋のオプショナル・ツアー] CUT明森びびか
[ひみつの媚薬] CUT高群 保
[勝手にスクープ！] CUTにゃおんたつね
[口説き上手の恋人] CUT高久尚子
[KISSのシナリオ] CUT宗真仁子
[社長秘書の昼と夜] CUT果桃なばこ
[学者サマの弁明] CUTやまかみ梨由
[あなたのいない夜] CUT椎名咲月
[部屋の鍵は貸さない] CUT鳴海ゆき
[共犯者の甘い罪] CUT宝井さき
[エゴイストの報酬] CUT新井サチ

■岩本 薫
[13年目のライバル] CUTLee

■鳥城あきら
[発明家に手を出すな] CUT長門サイチ

■緒方志乃
[甘え上手なエゴイスト] CUT高久尚子
[ファイナル・チャンス！] CUT北畠あけの
[二代目はライバル] CUT須賀邦彦

■榎田尤利
[ゆっくり走ろう] CUTやまかみ梨由

キャラ文庫既刊

[歯科医の憂鬱] CUT高久尚子

■鹿住 槇

[いじっぱりトラブル 続・優しい革命] CUT橘 皆無
[優しい革命] CUT穂波ゆきね
[甘える覚悟] CUT高群 保
[愛情シェイク] CUTやまかみ梨由
[微熱ウォーズ 愛情シェイク2] CUT大和名瀬
[泣きべそステップ]
[別嬪レイディ]
[恋するキューピッド] CUT明神 翼
[恋するサマータイム 恋するキューピッド2]
[可愛くない可愛いキミ] CUT藤崎一也
[ゲームはおしまい!] CUT宏橋昌水
[囚われた欲望] CUT椎名咲月
[甘い断罪] CUT不破慎理
[ただいま同居中!]
[ただいま恋愛中! ただいま同居中!2] CUT夏乃あゆみ
[お願いクッキー] CUT北畠あけ乃
[独占禁止!?] CUT宮城とおこ
[となりのベッドで眠らせて] CUT椎名咲月
[君に抱かれて花になる] CUT真生るいす
[ヤバイ気持ち] CUT穂波ゆきね
[別れてもらいます!] CUT雁川せゆ
[恋になるまで身体を重ねて] CUT宮本佳野

■金丸マキ

[恋はある朝ショーウィンドウに] CUT椎名咲月

■かわいゆみこ

[Die Karte —カルテ—] CUTほたか乱

■川原つばさ

[泣かせてみたい①〜⑥]
[ブラザー・チャージ 泣かせてみたいシリーズ]
[キャンディ・フェイク 泣かせてみたいシリーズ2] CUT禾田みちる
[天使のアルファベット] CUT極楽院櫻子
[プラトニック・ダンス] 全6巻 CUT沖麻実也

■神奈木智

[地球儀の庭] CUTやまかみ梨由
[王様は、今日も不機嫌] CUT雁川せゆ
[勝ち気な三日月] CUT楠本こすり
[キスなんて、大嫌い] CUT穂波ゆきね
[その指だけが知っている]
[左手は彼の夢をみる その指だけが知っている2]
[くすり指は沈黙する その指だけが知っている3] CUT小田切ほたる

[ダイヤモンドの条件]
[シリウスの奇跡 ダイヤモンドの条件2] CUT須賀邦彦
[無口な情熱] CUT椎名咲月
[征服者の特権] CUT明森びびか
[御所泉家の優雅なたしなみ] CUT円屋榎英

■剛しいら

[このままでいさせて] CUT藤崎一也
[エンドマークじゃ終わらない] CUT椎名咲月
[伝心ゲーム] CUT依田沙江美
[追跡はワイルドに] CUT緋色れーいち
[雛供養] CUT須賀邦彦
[顔のない男]
[見知らぬ男 顔のない男2]
[時のない男 顔のない男3] CUT北畠あけ乃
[青と白の情熱] CUTかすみ涼和
[仇なれども] CUT今 市子
[色重ね] CUT高口里純
[赤色サイレン] CUT神崎貴至

■高坂結城

[午前2時にみる夢] CUT羽音こうき
[恋愛ルーレット] CUT橘 皆無
[瞳のロマンチスト] CUT穂波ゆきね
[エンジェリック・ラバー] CUTみずき健
[微熱のノイズ] CUT椎名咲月
[サムシング・ブルー] CUT雁川せゆ
[好きとキライの法則] CUT宏橋昌水

■ごとうしのぶ

[水に眠る月 —夢見の章—]
[水に眠る月② —霧雨の章—]
[水に眠る月③ —黄昏の章—] CUT Lee
[熱情] CUT高久尚子

■榊 花月

[午後の音楽室] CUT依田沙江美
[白衣とダイヤモンド] CUT明森びびか
[ロマンスは熱いうちに] CUT夏乃あゆみ
[永遠のパズル] CUT山田ユギ
[バナナチップス・チョコレート] CUTやまがたさとみ
[もっとも高級なゲーム] CUT汞りょう
[ジャーナリストは眠れない] CUTヤマダサクラコ

■桜木知沙子

[ささやかなジェラシー] CUTビリー高橋
[ご自慢のレシピ] CUT椎名咲月
[となりの王子様] CUT夢花 李

キャラ文庫既刊

【金の鎖が支配する】 CUT清瀬のどか
【解放の扉】 CUT北畠あけ乃

■佐々木禎子
【ロッカールームでキスをして】 CUT高久尚子
【ナイトメア・ハンター】 CUTにゃおんたつね
【最低の恋人】 CUT蓮川 愛
【恋愛ナビゲーション】 CUT山守ナオコ
【したたかに純愛】 CUT不破慎理
【ニュースにならないキス】 CUT水名瀬雅良
【三ツ星シェフの心得】 CUT雁川せゆ
【レイトショーはお好き?】 CUT明森びびか

■篠 稲穂
【ひそやかな激情】 CUT穂波ゆきね
【草食動物の憂鬱】 CUT宗真仁子
【禁欲的《ストイック》な僕の事情】 CUT桃季さえ
【熱視線】 CUT夏乃あゆみ
【Baby Love】 CUT宮城とおこ

■秀香穂里
【くちびるに銀の弾丸】 CUT祭河ななを
【チェックインで幕はあがる】 CUT高久尚子
【虜《とりこ》】 CUT山田ユギ
【挑発の15秒】 CUT宮本佳野
【誓約のうつり香】 CUT海老原由里

■愁堂れな
【身勝手な狩人】 CUT蓮川 愛
【ヤシの木陰で抱きしめて】 CUT片岡ケイコ
【十億のプライド】 CUT汞りょう
【愛人契約】 CUT水名瀬雅良
【紅蓮の炎に焼かれて】 CUT金ひかる
【やさしく支配して】 CUT香雨

■菅野 彰
【毎日晴天!】
【子供は止まらない 毎日晴天!2】
【子供の言い分 毎日晴天!3】
【いそがないで。 毎日晴天!4】
【花屋の二階で 毎日晴天!5】
【子供たちの長い夜 毎日晴天!6】
【僕らがもう大人だとしても 毎日晴天!7】
【花屋の店先で 毎日晴天!8】
【君が幸いと呼ぶ時間 毎日晴天!9】
【明日晴れても 毎日晴天!10】
【夢のころ、夢の町で。 毎日晴天!11】
CUT二宮悦巳

【野蛮人との恋愛】
【ひとでなしとの恋愛 野蛮人との恋愛2】
【ろくでなしとの恋愛 野蛮人との恋愛3】
CUTやしきゆかり

■春原いずみ
【風のコラージュ】 CUTやまかみ梨由
【緋色のフレイム】 CUT果桃なばこ
【とけない魔法】 CUTやまねあやの
【チェックメイトから始めよう】 CUT椎名咲月
【白檀の甘い罠】 CUT明森びびか
【氷点下の恋人】 CUT片岡ケイコ
【恋愛小説のように】 CUT香雨
【赤と黒の衝動】 CUT夏乃あゆみ

■染井吉乃
【嘘つきの恋】
【蜜月の条件 嘘つきの恋2】
【誘惑のおまじない 嘘つきの恋3】 CUT宗真仁子
【サギヌマ薬局で…】 CUTよしながふみ

【blue ～海より蒼い～】 CUT夢花 李
【トライアングル・ゲーム】 CUT嶋田尚未
【足長おじさんの手紙】 CUT南かずか
【ハート・サウンド】
【ボディ・フリーク ハート・サウンド2】
【ラブ・ライズ ハート・サウンド3】 CUT麻々原絵里依

■篁釉以子
【ヴァージン・ビート】 CUTかすみ涼和
【ヴァニシング・フォーカス】 CUT楠本こすり
【カクテルは甘く危険な香り】 CUT雁川せゆ
【バックステージ・トラップ】 CUT松本テマリ
【ドクターには逆らえない】 CUTやまかみ梨由
【真夏の合格ライン】
【真冬のクライシス 真夏の合格ライン2】 CUT明森びびか
【保健室で恋をしよう】 CUT香雨
【ショコラティエは誘惑する】 CUT円屋榎英
【甘えたがりのデザイナー】 CUT椎名咲月

■たけうちりうと
【泥棒猫によろしく】 CUT史堂 櫂

■月村 奎
【そして恋がはじまる】 CUT夢花 李
【いつか青空の下で そして恋がはじまる2】
【アプローチ】 CUT夏乃あゆみ

■遠野春日
【眠らぬ夜のギムレット】 CUT沖麻実也

■徳田央生
【会議は踊る!】 CUTほたか乱
【ラ・ヴィ・アン・ローズ】 CUT史堂 櫂

■灰原桐生
【僕はツイてない。】 CUT史堂 櫂

キャラ文庫既刊

■火崎　勇
「ウォータークラウン」　CUT不破慎理
「EASYな微熱」　CUT金ひかる
「永い言葉」　CUT石田育絵
「恋愛発展途上」　CUT蓮川　愛
「三度目のキス」　CUT高久尚子
「ムーン・ガーデン」　CUT須賀邦彦
「グッドラックはいらない！」　CUT果桃なばこ
「マイフェア・ブライド」　CUT雁川せゆ
「お手をどうぞ」　CUT松本テマリ
「負けてたまるか！」　CUT史堂　櫂
「ロジカルな恋愛」　CUT山守ナオコ
「カラッポの卵」　CUT明森びびか
「寡黙に愛して」　CUT北畠あけ乃
「運命の猫」　CUT片岡ケイコ
「名前のない約束」　CUT香雨
「書きかけの私小説」　CUT真生るいす
「最後の純愛」　CUT宝井さき

■菱沢九月
「小説家は懺悔する」　CUT高久尚子
「夏休みには遅すぎる」　CUT山田ユギ

■ふゆの仁子
「メリーメイカーズ」　CUT楠本こすり
「飛沫の鼓動《リズム》」
「飛沫の輪舞《ロンド》　飛沫の鼓動2」
「飛沫の円舞《ワルツ》　飛沫の鼓動3」　CUT不破慎理
「太陽が満ちるとき」　CUT高久尚子
「年下の男」　CUT北畠あけの
「Gのエクスタシー」　CUTやまねあやの
「ボディスペシャルNO.1」　CUTやしきゆかり
「恋愛戦略の定義」　CUT雪舟　薫
「フラワー・ステップ」　CUT夏乃あゆみ
「ソムリエのくちづけ」　CUT北畠あけ乃

「プライドの欲望」　CUT須賀邦彦
「偽りのコントラスト」　CUT水名瀬雅良

■穂宮みのり
「無敵の三原則」　CUT宗真仁子
「君だけのファインダー」　CUT円屋榎英
「純銀細工の海」　CUT片岡ケイコ

■前田　栄
「好奇心は猫をも殺す」　CUT高口里純

■松岡なつき
「声にならないカデンツァ」　CUTビリー高橋
「ブラックタイで革命を」
「ドレスシャツの野蛮人　ブラックタイで革命を2」　CUT緋色れーいち
「センターコート」全3巻　CUT須賀邦彦
「旅行鞄をしまえる日」　CUT史堂　櫂
「GO WEST！」　CUTほたか乱
「NOと言えなくて」　CUT果桃なばこ
「WILD WIND」　CUT雪舟　薫
「FLESH & BLOOD①～⑧」　CUT雪舟　薫

■真船るのあ
「オープン・セサミ」
「楽園にとどくまで　オープン・セサミ2」
「やすらぎのマーメイド　オープン・セサミ3」　CUT蓮川　愛
「思わせぶりな暴君」　CUT果桃なばこ
「恋と節約のススメ」　CUT橘　皆無
「眠れる館の佳人」　CUTにゃおんたつね

■水無月さらら
「素直でなんかいられない」　CUTかすみ涼和
「無敵のベビーフェイス」
「ファジーな人魚姫　私立海宝学園シリーズ2」
「真珠姫ご乱心！　私立海宝学園シリーズ3」　CUT吹山りこ
「お気に召すまで」　CUT北畠あけの
「永遠の7days」　CUT真生るいす
「視線のジレンマ」　CUT Lee
「恋愛小説家になれない」　CUT史堂　櫂
「バルコニーから飛び降りろ！」　CUT高塚カズイ
「なんだかスリルとサスペンス」　CUT円屋榎英
「正しい紳士の落とし方」　CUT長門サイチ

■望月広海
「あなたを知りたくて」　CUT藤崎一也
「君をつつむ光」　CUTビリー高橋
「気まぐれ猫の攻略法」　CUT宗真仁子

■桃さくら
「砂漠に落ちた一粒の砂」
「いつか砂漠に連れてって　砂漠に落ちた一粒の砂2」　CUT吹山りこ
「ロマンチック・ダンディー」　CUTほたか乱
「南の島で恋をして」　CUT桃季さえ
「億万長者のユーウツ」　CUTえとう綺羅
「だから社内恋愛！」　CUT神崎貴至
「占いましょう」　CUT唯月　一
「宝石は微笑まない」　CUT香雨

■吉原理恵子
「二重螺旋」
「愛情鎖縛　二重螺旋2」　CUT円陣闇丸

〈2005年10月27日現在〉

キャラ文庫最新刊

暗殺予告　要人警護5

秋月こお

イラスト◆緋色れーいち

美晴《みはる》たち外相付警護班（SP）は、TVの密着取材を受けることに。しかし外相を狙うテロリストから暗殺予告が!?

発明家に手を出すな

鳥城あきら

イラスト◆長門サイチ

特許申請を代行する弁理士の将孝《まさたか》は、天才発明家・原田《はらだ》の発明を守ろうと奔走！　でも原田の関心は将孝自身で!?

やさしく支配して

愁堂れな

イラスト◆香雨

一流商社に勤める安部《あべ》は、恋人との情事を部下の栖原《すはら》に目撃される。栖原は口止め料として安部の身体を要求し…。

夏休みには遅すぎる

菱沢九月

イラスト◆山田ユギ

ずっと好きだった大学の後輩・倉島《くらしま》に突然拉致されたサラリーマンの覚《さとる》。旅先の宿で倉島に抱かれてしまうが…!?

11月新刊のお知らせ

鹿住 槙［遺産相続人の受難］cut／鳴海ゆき

佐々木禎子［秘書はスーツで恋をする(仮)］cut／史堂 櫂

桜木知沙子［プライベート・レッスン］cut／高星麻子

11月26日(土)発売予定

お楽しみに♡